DISPARITION SUR OLÉRON

PAS DE MERVEILLES POUR ALICE

Line Dubief

DISPARITION SUR OLÉRON

PAS DE MERVEILLES POUR ALICE

LA GESTE

Du même auteur :

Meurtre sur Oléron - Les mouettes ne se marrent plus (2017) - Prix Ostréa 2019

Meurtre en Franche-Comté - Sale temps pour le Minotaure (2019)»

«Toute ressemblance avec des personnes existantes ou ayant existé serait purement fortuite.»

« À Claude, Nelly et Agnès ;
les femmes de ma vie. »

La Rochelle, samedi 16 juillet 2016

Lorsque le commissaire Eustache coupe le contact de sa Mini flambant neuve juste devant la maison de la rue de la Sauvagère à La Rochelle, son visage s'illumine. Il ouvre lentement sa portière et reste quelques instants à humer l'air à pleins poumons. Il est aussitôt assailli par les embruns marins chargés de leurs senteurs iodées et de leurs effluves d'humus. Les nuages, si blancs et floconneux, se démarquent sur le fond bleu marqué du ciel qui répand sa luminosité incomparable. Sacrebleu, comme tout cela lui a manqué !

Alors qu'il s'apprête à récupérer ses bagages dans le coffre, il entend une voix familière derrière lui :

— Ben, il t'en a fallu du temps. Je commençais à m'inquiéter !

Eustache sourit. Son père est là devant lui, arborant son habituel tablier vichy, le regard bienveillant, la mine réjouie.

— Si j'étais arrivé trop tôt, tu m'aurais reproché d'avoir roulé trop vite…

Les deux hommes se dévisagent, visiblement ravis de se retrouver. Ils s'embrassent en s'étreignant dans une accolade chaleureuse.

— Donc, voilà ta nouvelle voiture… Ben, c'est quand même pas bien grand ! Une fois que tu y as mis une valise et un sac, tu ne peux plus t'asseoir… Et qu'est-ce qui t'a pris de mettre un drapeau anglais sur le toit. Ben, au moins avec ça, tu ne risques pas de passer inaperçu ! Anglais… Tu avoueras que c'est une drôle d'idée !

Eustache ne répond pas, admirant, satisfait, sa nouvelle acquisition et visiblement amusé par les remarques attendues de son père.

— Ceci dit, si tu me la prêtes, je pourrais épater Virgile ! reprend le vieil homme en empoignant une valise avant de se diriger vers la porte d'entrée de la maison restée entrouverte. Bon allez, on rentre, tu dois avoir faim !

Installés sur la terrasse devant la maison, abrités des regards par la haie de jasmin qui exhale son parfum, les deux hommes décortiquent tranquillement des langoustines.

— Elles sont fameuses. Et bravo pour ta mayonnaise !

— C'est Madame Poincenot. Elle m'a donné un tuyau, je ne la rate plus. Je la fais au mixeur et ça marche à tous les coups.

Eustache ne réplique pas. Il s'essuie les mains dans sa serviette avant de parcourir des yeux le jardin qui l'entoure, contemplatif.

— Tu as remarqué, j'ai nettoyé la terrasse. C'était un sacré boulot. Il a fallu tout poncer avant de passer un produit. C'est un gars de Leroy Merlin qui me l'a conseillé. Ce n'est pas donné mais ça évite qu'elle ne grise trop vite. Et puis, tu as vu, j'ai repeint le muret. La peinture commençait à s'écailler…

Il poursuit ainsi son monologue, fier de démontrer à son fils qu'il a su entretenir la maison pendant son absence. Eustache ne l'interrompt pas et se contente de hocher la tête, ravi de retrouver son univers familier. Son esprit divague. Pourquoi a-t-il quitté tout cela ? Il songe à sa nouvelle vie à Besançon. Non pas qu'il y soit mal. Il commence à y avoir quelques repères, à s'adapter à son nouvel environnement et même à se faire quelques relations sympathiques. Au commissariat, il s'en sort plutôt bien. Gaston Lepic est un collaborateur plutôt fiable. Sans compter que la ville est belle et agréable. Et surtout, il y a Marianne et maintenant Jeanne.

Comme si son père avait suivi le cours de ses pensées, il entend :

— Tu m'as apporté des photos de la petite ?

Eustache sort son portable de la poche. Après avoir positionné l'appareil sur le visionneur de photographies, il le lui tend.

— Mon dieu, qu'elle est belle cette petite. Oh, comme elle a grandi. Et tous ces cheveux ! Tu ne trouves pas qu'elle ressemble à ta mère, regarde le bas de son visage et ses yeux… Une chose est certaine, elle ne ressemble pas à la grande Estelle !

Eustache fronce les sourcils, mi-agacé, mi-amusé. Il reconnaît bien dans cette remarque la désapprobation de son père devant la situation, mais aussi sa satisfaction de savoir que la petite Jeanne est bel et bien sa fille biologique à lui et ainsi la petite-fille du vieil homme.

— Il m'a pourtant semblé que vous étiez plutôt bien copains, Estelle et toi lorsque tu es venu !

— Penses-tu ! Cette grande bringue a cru m'embobiner avec ses histoires de bricolage. Je ne suis pas dupe quand même. D'ailleurs, je n'ai pas hésité à lui dire le fond de ma pensée. Ce sont de grandes égoïstes toutes les deux : Marianne et elle. Imposer cette situation à cette petite Jeanne qui n'a rien demandé à personne. C'est quand même impensable une histoire pareille…

— Bon, nous en avons déjà longuement parlé. C'est comme ça ! Ce que je peux t'assurer, c'est que les choses se passent pour le mieux. Tout cela aurait très bien pu partir en vrille. Tu peux être rassuré, je vois la petite très régulièrement. Je l'ai même gardée à plusieurs reprises pendant qu'elles sortaient, elle et Estelle.

— Ah bon, tu l'as gardée ? Tu t'en es sorti ?

— Ben oui ! Je lui ai préparé et donné le biberon. Je l'ai même changée !

Le vieil homme ne dit rien et reste béat d'attendrissement devant ces informations. Il extrapole :

— Tu crois qu'un jour tu pourras venir avec elle ?

— Nous n'en sommes pas là, mais ce n'est pas impossible. De toute façon, tu la verras bientôt puisque tu viens à Besançon fin septembre.

— Il ne faudra pas que j'oublie de te passer le Kärcher ! Estelle me l'a demandé pour nettoyer les pavés de leur terrasse qui sont pleins de mousse. J'espère seulement qu'il rentrera dans ta Mini… Je ne vais quand même pas me trimballer ce truc dans le train… Déjà, que ce n'est pas simple avec ce changement de gare à Paris…

Eustache ne fait aucune remarque et s'apprête à se lever pour aider son père à desservir.

— Reste assis. Tiens, prends le journal. C'est celui d'hier. Je m'occupe de débarrasser, tu dois être fatigué avec toute cette route dans ton pot de yaourt *Inneglish*. T'aurais quand même pu acheter une voiture française, on n'a pas idée d'acheter des voitures aussi petites et pas françaises par-dessus le marché, en plus pour un commissaire de police…

Eustache soupire de bien aise en empoignant *Sud Ouest*. Il lit d'abord la première page qui titre sur l'attentat de Nice survenu 2 jours plus tôt, le 14 juillet, sur la promenade des Anglais qui fait état d'un bilan provisoire de 84 morts dont 10 enfants et de 52 personnes qui se trouvent en « état d'urgence absolue ». Un illuminé a volontairement foncé avec un camion dans la foule tuant et blessant sur son passage des hommes, des femmes et des enfants. La France entière est en émoi. Choquée. Blessée. Inquiète. En colère. Les politiques se renvoient la balle sur les responsabilités des uns et des autres. Devant l'horreur, chacun perd le sens de la décence. Eustache soupire.

Il tourne la page et parcourt tranquillement les articles aux titres évocateurs des activités de la vie charentaise : journées des battages à Saint-Laurent de-la-Prée, fête de l'huître à Marennes… Sur la page des sports, lors d'une rencontre amicale, il constate qu'une fois encore, le Stade rochelais a gagné. 32 à 18 contre le Stade toulousain. Belle victoire, avec 4 essais marqués. Il prend plaisir à lire les faits divers survenus dans les patelins alentours dont les noms ravivent ses souvenirs.

En région, une chronique « Chaque semaine, la vie d'un phare » attire sa curiosité. Le texte de l'histoire du phare de la Coubre, connu pour avoir été reconstruit à plusieurs reprises à cause de la mobilité de la dune, jouxte une magnifique illustration. L'article décrit le bâtiment, haut de plus de 64 mètres, comme étant l'un des plus puissants de France, irradiant sa lumière à plus de 52 kilomètres pour signaler les approches de la Gironde. Il se distingue, en outre, par la présence d'un feu secondaire rouge, aux deux tiers de sa hauteur, visible à 23 kilomètres qui permet de signaler une zone dangereuse liée à des bancs de sable. Les parois intérieures sont recouvertes de carreaux d'opaline bleue. Il faut gravir les 300 marches métalliques avant d'atteindre une échelle qui permet d'accéder à son sommet pour se ravir d'un superbe panorama avec au nord et à l'est la forêt de la Coubre et l'île d'Oléron. On y distingue, à l'horizon, la pointe de Grave et la côte de Beauté ainsi que le phare de Cordouan, isolé en mer et qui fera l'objet d'un prochain numéro après celui du phare des Baleines. Eustache imagine quelques instants l'ascension de l'édifice et préfère s'attarder sur les détails de la gravure : une longue silhouette blanche et rouge sur la partie haute, surmontée d'un dôme en métal, s'appuie sur un contrefort en damier rouge et blanc.

Ragaillardi par son immersion dans la vie locale, Eustache dépose le quotidien sur la table du salon.

— Je te rappelle que mercredi, je suis invité chez Oscar, à Oléron.

— Oscar ?

— Tu sais bien, je te l'ai dit. Le gendarme de Saint-Pierre avec lequel j'ai enquêté sur le meurtre de Mathieu…

— Ah oui, tu me l'as dit au téléphone. Tu y vas juste pour le repas ?

— Je ne sais pas encore. Il m'a proposé de rester quelques jours. Je prendrai quelques affaires et je verrai sur place…

Eustache déambule quelques instants dans la maison familière, s'arrêtant de-ci de-là, ouvrant un placard, le refermant, examinant un objet bien connu, le déposant en souriant. Il se réapproprie l'endroit. Il est rentré chez lui.

— J'irais bien marcher au bord de l'océan. Tu veux m'accompagner, au parc des Pères.

Le vieil homme regarde son fils.

— Il m'est d'avis que tu préfères y aller seul…

— Non, pas cette fois. Je préfère que tu viennes…

— Bon, d'accord ! Mais après tu me prêtes ta voiture ; j'irai voir Virgile.

Saint-Aye, Loiret,
une soirée d'automne 1957

La gifle claque dans un bruit sourd. Deux mains l'empoignent et la secouent brutalement avant de la projeter violemment sur le canapé. Dans sa chute, son genou heurte le coin de la table basse. Sa tête cogne l'accoudoir rigide. Maryse lâche un râle plaintif. Ses yeux, à lui, sont exorbités, son regard bestial. Ses rugissements crachent des postillons, qui se colmatent en écume à la commissure de ses lèvres. Elle n'entend plus ses paroles. Lui se rapproche encore, elle devine que ce n'est pas fini. Dans un réflexe, ses deux bras se plaquent sur son visage pour tenter d'éviter les coups qu'elle attend. Une main s'aplatit, sur le haut de son épaule, puis enserre son cou. Des doigts pressent fermement sa nuque comme des pinces acérées. Une poigne la fait se redresser et la maintient debout. Une pluie de coups de poing assène le haut du corps, évitant son visage. Une violente douleur irradie son épaule et sa poitrine. Elle laisse échapper un cri rauque, puis un autre entrecoupé de sanglots. Un coup de genou s'abat dans son ventre. Son souffle est coupé. Sa tête part en arrière, son corps entier est projeté et s'affaisse sur le sofa. Elle n'est plus qu'une marionnette désarticulée. Elle comprend qu'il en a fini.

— Sale conne ! La prochaine fois, tu feras attention à ce que tu dis !

La porte claque, il est parti.

Dans le silence assourdissant, des coups sourds et saccadés retentissent dans la pièce. Le voisin du dessous se manifeste pour faire cesser le bruit en tambourinant au plafond.

Maryse reste un bon moment, sans oser bouger, encore tétanisée par la peur et la douleur. En reniflant, du revers de sa manche, elle essuie la morve répandue sur son nez et sa bouche. Elle pleure en se redressant doucement, tentant d'évaluer l'ampleur de ses blessures. Cette fois encore, c'est pire que la fois précédente. Moins long mais plus violent. Sans doute a-t-il été stoppé par l'intervention du voisin. Elle porte la main à son cou mais ne parvient pas à bouger son épaule sans laisser échapper un cri de douleur. Alors qu'elle s'apprête à se lever pour rejoindre la salle de bains, elle perçoit un léger miaulement. Elle lève la tête. Son fils est là, recroquevillé dans un coin de la pièce, dos au mur, le visage enfoui dans ses jambes repliées et entourées de ses bras.

— Oh, non ! Dominique, geint-elle, effarée de savoir qu'il a, cette fois encore, assisté à la scène.

Maryse se lève péniblement, claudiquant pour se rapprocher de lui.

— Dominique, répète-t-elle comme une supplication.

Il ne bouge pas. Elle entend ses pleurs. Elle parvient à s'assoir à côté de lui et soulève son bras, dans une grimace de douleur, pour l'enlacer et le ramener contre sa poitrine. L'enfant se laisse faire. Ses pleurs redoublent. Les siens aussi.

Ils restent ainsi l'un contre l'autre jusqu'à ce que l'enfant parvienne à bredouiller :

— Pourquoi il fait ça, maman ?

Que répondre ? Comment expliquer l'inexplicable. Elle renifle. Elle-même voudrait comprendre pourquoi et comment ils en sont arrivés là. Appuyée contre le mur, ses yeux scrutent le plafond, cherchant une explication dans son ciel de nuages sombres.

Peu à peu, se redessine le tableau de sa première rencontre avec Germain. Prévenant et attentionné, il est arrivé dans sa vie comme un prince charmant. C'était, il y a une petite dizaine d'années. Fils d'un chef d'entreprise de la ville, sûr de lui, courtois et plutôt élégant, elle est tombée aussitôt sous son charme. Sans doute flattée qu'un homme comme lui puisse la regarder, elle, la fille de l'épicière, plutôt timide et réservée. À cette époque, on la trouvait jolie. En tout cas, c'est ce que disaient les garçons et les filles de leur âge. Au lycée, elle, plutôt douée et charmante, était très courtisée. Lui, sans doute, était, le plus audacieux de tous. Elle a résisté quelque temps à ses avances. Et puis, à force de prévenance et de persévérance, elle a fini par lui céder. Ils étaient très amoureux l'un de l'autre. Ses copines jalousaient leur relation et les garçons se montraient véritablement envieux.

Lorsqu'elle s'est retrouvée enceinte, lui travaillait déjà pour son père. Elle a arrêté ses études pour s'occuper de leur enfant. Ils ont décidé de se marier.

Elle se rappelle la première claque, peu de temps après leur mariage. Elle était rentrée plus tard que prévu d'une visite chez sa mère. Lui, l'attendait sur le canapé. Lorsqu'elle a ouvert la porte de l'appartement, il s'est avancé, menaçant. Son regard lui a fait peur, elle a cherché à justifier son retard. Clac ! La gifle est partie. Violente. Inattendue. Douloureuse. Elle est d'abord restée bouche bée, incrédule, sidérée, la main sur sa joue meurtrie avant de le foudroyer des yeux et de se retourner pour partir. Alors, il a pleuré. Il lui a dit qu'il était désolé, qu'il l'aimait. Il a eu tellement peur qu'il lui soit arrivé quelque chose. Il s'est excusé. Alors, elle a pardonné.

À l'époque, elle a cru qu'il s'agissait d'un accident, d'un dérapage occasionnel. La réaction impulsive d'un homme jaloux. Elle s'est persuadée que c'est parce qu'il l'aimait. Finalement, elle en était presque flattée ! Sans compter qu'elle avait sa part de responsabilité. C'était sa faute à elle : elle aurait dû le prévenir de son retard, ou mieux encore, rentrer à l'heure convenue. Ainsi, rien de tout cela ne se serait passé. Elle a compris son erreur.

Et puis, les scènes se sont renouvelées et sont devenues de plus en plus fréquentes. De plus en plus violentes aussi. Pour un mot de trop ou pour celui qu'elle aurait dû dire. Pour un regard. Pour un geste. Tout était prétexte à exploser. Pour sa façon de se maquiller, de se coiffer, de s'habiller ou de parler. Elle a tenté de le quitter à plusieurs reprises. Il devenait alors suppliant. Il lui implorait de lui pardonner, jurant qu'il ne recommencerait plus jamais et qu'il l'aimait. Il se mettait à genoux à ses pieds implorant de ne pas le quitter. Il lui jurait qu'il mourrait si elle le quittait. Alors, elle restait, et… ça recommençait.

Et les insultes pleuvaient à nouveau. L'humiliation était devenue banale, martelant sans cesse qu'elle était « grosse et laide ». Un soir, il lui a ordonné de dormir par terre prétextant qu'elle bougeait trop la nuit. Lui travaillait ! Il fallait qu'il dorme, il devait se lever tôt ! Elle a cédé et a dormi au pied du lit, enveloppée dans une simple couverture.

Sa mère a très vite compris que quelque chose clochait.

— Tu vas y laisser ta peau ! Tu dois le quitter ! Ça ne peut plus durer. Tu dois vous protéger, Dominique et toi.

Un jour, alors que les ecchymoses étaient particulièrement visibles, la vieille femme a insisté, fermement pour qu'elle retourne habiter chez elle, dans l'appartement au-dessus de l'épicerie en lui assurant qu'elles s'en sortiraient, toutes les deux avec l'enfant. Virulente, sa mère s'est montrée particulièrement convaincante. Alors, le soir, après une nouvelle série d'insultes, Maryse s'est rebiffée contre Germain et lui a annoncé qu'elle retournait chez sa mère avec Dominique. Il est entré dans une rage folle et lui a interdit de « remettre les pieds à l'épicerie », menaçant de s'en prendre à « la vieille salope » si elle cherchait à nouveau à lui enlever sa femme et son fils.

Alors, elle a préféré ne pas revoir sa mère, se contentant de l'appeler de temps à autres en catimini, cherchant à la rassurer et en évitant de parler de l'enfer dans lequel elle vivait. Pour ne pas l'inquiéter, sans doute. Pour ne pas se justifier, certainement.

Ses amies se sont raréfiées au fil du temps. Certaines ont essayé de lui parler. Elle n'a pas voulu les écouter préférant couper les ponts plutôt que de répondre à leurs mains tendues.

Au fil du temps, il lui était devenu de plus en plus difficile de partir. Isolée, fatiguée, effrayée, sans ressources, elle ne parvenait pas à quitter Germain. Après chaque scène, il s'excusait en lui assurant qu'il ne « voulait pas lui faire ça », qu'elle était son bébé, son amour et… qu'il allait changer.

Alors, cette fois encore, évitant le regard de son fils, Maryse parvient à balbutier :

— C'est plus fort que lui, Dominique. Ce n'est pas de sa faute, il nous aime et je lui ai mal répondu.

Oléron, mercredi 20 juillet 2016

Fenêtres ouvertes, le bras posé sur la portière, Eustache aperçoit déjà la longue courbe du pont se profiler sur sa droite. Il parcourt des yeux ses longues enjambées qui viennent s'échouer sur l'île. Cette année encore, les touristes sont présents. Patiemment, comme dans une lente procession, il avance derrière une voiture chargée, profitant du spectacle perpétuel offert par l'océan. C'est marée haute. Il fait beau. Quelques bateaux épars crachent, derrière eux, leurs sillons blancs d'écume, traçant sur l'immense toile, le dessin de leur déambulation. L'eau n'est pas bleue, elle est mêlée de gris, de brume, de bleuté, chahutée par des vaguelettes surmontées de blanc mousseux. Esquissant sans cesse, l'océan sait se servir de la couleur ; comme un élément matériel, il utilise les teintes les plus subtiles, les plus nuancées puis les efface aussitôt pour être certain de ne pas être repris à l'identique sur les toiles des peintres. Chaque vue est unique. Impalpable et furtive.

Sur la partie droite, gît l'ancien embarcadère d'Ors, comme le vestige d'un passé révolu lorsqu'il servait de liaison, par bac, entre le Chapus et l'Ors. Eustache se souvient des attentes interminables lorsque enfant, il se rendait sur l'île en famille. Sur un flanc de l'édifice, frappé par les courants, un petit groupe de pêcheurs, cannes érigées, légèrement bercées par le vent, attendent patiemment le poisson en profitant du spectacle maritime.

Débarqué sur l'île, Eustache se pose la question de bifurquer pour longer la côte et ainsi éviter les bouchons de la D26. L'écran affiche 11 heures 42. Être retardé par les retours de plage est tout aussi risqué. Il choisit de poursuivre sur la départementale et traverse Dolus finalement sans trop d'encombres pour arriver à Saint-Pierre-d'Oléron, à l'heure convenue.

Lorsqu'il s'extrait de sa Mini, stationnée à quelques pas du mur d'enceinte de la maison de Babette, Eustache voit se dessiner sur le bleu du ciel, dominant le quartier, le clocher hexagonal de l'église, surmonté d'une plateforme d'observation. Il contemple quelques instants l'édifice avant de franchir le petit portillon qui fait entendre, à son ouverture, un joyeux tintement. Alors qu'il s'avance vers la maison basse en pierre aux volets verts, la porte d'entrée s'ouvre devant Oscar qui s'approche tout sourire.

— Bonjour Commissaire… Vous avez retrouvé facilement… Vous allez bien ?

Les deux hommes se saluent visiblement ravis de se retrouver.

— Très bien. Vous semblez en pleine forme, Oscar !

Une main amicale posée sur son épaule, Oscar invite Eustache à s'avancer à l'intérieur. Ils traversent un couloir qui les mène dans la grande cuisine où Babette est occupée à sortir un poisson d'une marmite fumante, dégageant des fumets alléchants. Arborant un sourire rayonnant, elle s'essuie les mains sur son tablier avant d'embrasser Eustache.

— Bonjour Babette… Tenez, je vous ai apporté une bouteille de vin jaune, un morceau de comté et du morbier. Des produits de ma nouvelle région…

— Du fromage franc-comtois… Merci commissaire. Du vin jaune… c'est très particulier paraît-il… Je n'en ai jamais bu.

— Oui, c'est un vin très singulier qui ne ressemble à aucun autre. C'est un peu déroutant les premières fois. Il faut apprendre à le déguster. Il est issu d'un cépage savagnin très typé, aux arômes de noix assez prononcés et s'accorde parfaitement avec les crustacés, le foie gras, la volaille à la crème. Ou simplement avec un morceau de comté et des noix. Pour les connaisseurs, il est considéré comme l'un des plus grands vins du monde. La légende raconte qu'il a été découvert par hasard, par un vigneron qui aurait retrouvé un vieux fût oublié. Pour les Francs-Comtois, c'est « Le Vin » par excellence…

— Il semble qu'il ne laisse pas indifférent que les autochtones, commente Oscar souriant.

— Vous avez raison, Oscar. J'ai appris à l'aimer… Ça sent très bon, Babette ! Il semble que vous avez, cette fois encore, fait des merveilles.

— Un aïoli, j'espère que vous aimez ça, Commissaire ?

— Vous ne pouviez pas tomber plus juste !

Oscar entraîne le commissaire sur la terrasse gravillonnée. L'air est doux. Eustache aime le crissement des pas sur les graviers. Une table ronde, entourée de chaises en fer forgé joliment travaillé, est dressée de quatre couverts. Une bignone aux fleurs jaune orangé recouvrant une immense treille, apporte une ombre bienfaisante. Un petit muret en pierre au tracé arrondi contourne le jardin suffisamment sauvage pour paraître naturel, suffisamment soigné pour être élégant. Face à eux, les classiques rosiers et les buissons taillés se mêlent aux vivaces ou aux graminées indisciplinées emmêlant les senteurs subtiles. Une rangée de lavandes borde la structure de quelques haies basses taillées dans un parcours sinueux pour mettre en scène la fantaisie joyeuse des formes et des couleurs qui règne dans les massifs.

— Votre jardin est toujours aussi splendide, affirme Eustache contemplatif.

— C'est Babette qui l'entretient. Ça lui prend beaucoup de temps. Mais le résultat est là. Moi, je ne suis pas patient… Je me contente de lui donner un coup de main de temps à autre. Mais, je crois qu'elle n'aime pas trop me voir farfouiller dans ses plates-bandes…

— Depuis votre dernière visite, j'ai repris et agrandi le parterre de plantes aromatiques, entend-il à côté de lui.

Babette lui montre du doigt un petit monticule cerné par une barrière basse en osier tressé d'où s'échappent quelques brins de menthe, de thym et de ciboulette en fleurs…

— Et, nous avons planté un olivier…

Ils s'avancent vers l'arbre, au tronc noueux, à l'écorce brune et crevassée, surmonté de sa coiffe verte aux reflets argentés, qui exhibe sa force tranquille apportant au jardin une sérénité apaisante.

— C'est un cadeau d'Oscar. Je ne sais quel message il a voulu me faire passer en me l'offrant…

— C'est un arbre riche en symboles, en effet, réplique Eustache. La sagesse, la force, la longévité, la paix… Alors Oscar ?

— Un peu tout ça, sans doute, répond Oscar en scrutant l'arbre.

Alors qu'il s'apprête à épiloguer, la sonnette de l'entrée se fait entendre.

— Ce doit être Mathilde. C'est une amie qui rêvait elle aussi d'un aïoli !

Babette s'efface pour accueillir sa convive pendant que les deux hommes s'installent autour de la table. Le silence se fait quelques instants, très vite rompu par des bavardages féminins. Une femme passe l'encoignure de la porte, chargée d'une bouteille qu'elle tend aussitôt à Oscar.

— Je pense qu'il est bon. C'est un bourgogne, annonce-t-elle. Il devrait te plaire, il est légèrement beurré.

— Merci. Tu penses qu'il va s'accorder avec l'aïoli ?

— Non, pas vraiment. Tu risques de ne pas profiter du côté beurré. L'ail va prendre le dessus. Sors plutôt un blanc de Provence. Un bandol ou un corse, si tu as. Garde-le pour un poisson au beurre ou une volaille à la crème.

La main sur son épaule, elle embrasse Oscar, avant de se retourner vers Eustache.

— Enchantée ! Mathilde… annonce-t-elle.

— Euh… Raymond, fait Eustache en serrant la main qui lui est tendue, ou plutôt Ray. Je préfère…

— Mathilde a été mon professeur de peinture pendant quelques années, explique Babette. Elle ne l'est plus, j'ai fini par comprendre que je n'étais pas faite pour ça. Il faut savoir s'arrêter quand le talent n'est pas là. Je me suis fait une raison. Je n'étais vraiment pas douée.

— Je ne dirais pas ça. Mais plutôt que peindre ne te plaisait peut-être pas tant que ça.

— Oui, sans doute aussi. Il n'empêche qu'il faut un certain talent à la base. Sans cela, le résultat est vraiment trop académique. Il manque alors le petit supplément d'âme ; ce qui ne s'apprend pas mais qui est là et qui fait toute la différence. Même si, j'ai un peu progressé sur la technique, je sais qu'il manquait l'essentiel : le talent.

— On ne peut pas être bon en tout, réplique Eustache en se retournant.

Chacun admire encore quelques instants, sans un mot, le jardin qui exhibe et laisse exploser ses nuances de formes et de couleurs.

— Ce jardin est une peinture en mille dimensions. C'est une œuvre d'artiste... finit par répliquer Mathilde. Le mien, en l'occurrence, est un fouillis indescriptible...

— Vous êtes peintre ? s'intéresse Eustache visiblement intrigué.

— Je suis en retraite. J'étais instit. Je peins par plaisir. Dire que je suis peintre est un bien grand mot. Disons plutôt que je peins régulièrement et que j'expose de temps en temps. Je donne quelques cours le soir et organise des stages l'été pour les touristes.

— Mathilde a un petit atelier du côté de Chassiron, précise Babette.

— Ça me permet de rencontrer du monde mais aussi de progresser. On apprend beaucoup en formant…

Eustache regarde la femme qu'il a devant lui. Elle n'est pas vraiment belle, pourtant se dégage de sa personne une grâce naturelle, un charme envoûtant. Elle assume, sans complexe, ses cheveux ondulés gris et blancs qui entourent son visage au port altier. Les ridules au niveau de ses yeux et de sa bouche, comme des cicatrices façonnées par la vie, témoignent d'une sorte de langueur mélancolique. Son sourire lumineux ne parvient pas à masquer une infinie tristesse perceptible au fond du regard.

— Vous peignez quoi ?

— Je peins un peu ce que je vois autour de moi. Ce n'est pas vraiment facile d'expliquer ce que l'on peint. Si cela vous dit et si vous êtes disponible, je vous invite à passer à l'atelier après le repas. Vous verrez sur place.

— Volontiers !

Le bouchon de champagne explose dans un bruit sourd avant de laisser les fines bulles guillerettes éclater dans les coupes dans leur pétillement joyeux.

— À la vôtre !

Et les verres s'entrechoquent.

Oléron, mercredi 20 juillet 2016

— Vous me suivez Ray ? On passe par les Huttes ? propose Mathilde en ouvrant la petite portière non verrouillée de sa Méhari orange.

Amusé, Eustache s'approche du véhicule qui lui évoque un sentiment de liberté, de jeunesse insouciante. Les bâches latérales ont été retirées, laissant uniquement celle, noire, du toit.

— C'est un 4x4, demande-t-il ?

— Non, c'est trop compliqué d'en trouver aujourd'hui et surtout de se procurer les pièces. Celui-ci, c'est le modèle de base, le plus courant. Pour moi, c'est parfait. C'est assez pratique pour mettre mes toiles à l'arrière et mon chien !

— Vous avez un chien ?

— Oui, vous allez rencontrer la bête.

— Parfait, je vous suis ! s'exclame Eustache.

Rassasié par le délicieux festin de Babette et emporté par l'agréable après-midi passé dans une ambiance amicale et bon enfant, Eustache s'installe enthousiaste au volant de sa Mini. Il sourit quand le drôle de véhicule démarre devant lui, pétaradant en exhibant sa caractéristique désinvolture. Décidément, cette femme est pleine de surprises. Eustache est curieux de découvrir sa peinture. Il espère qu'elle sera à son image : entière, lumineuse et énigmatique.

Perdu dans ses pensées, il la suit tranquillement sans trop se soucier du chemin emprunté. Très vite, l'océan s'étend sur sa gauche. C'est marée basse. Le spectacle est splendide. L'estran répand ses nuances étincelantes de vert et de brun jusqu'à l'eau qui s'enfuit, faisant rouler ses rouleaux dans des volutes d'écume, sous un rythme lent et régulier. Eustache, fenêtre ouverte, hume à pleins poumons l'air marin qui s'engouffre dans l'habitacle. Face à lui, à l'horizon, la silhouette du phare de Chassiron, zébré de ses larges bandeaux noirs et blancs, s'étend vers un ciel chargé. Les nuages, comme s'ils avaient été balayés d'un immense revers de manche, tissent un voile gris, finement rayé, qui laisse échapper quelques franges de bleu irradiant une lumière étincelante. De chaque côté, de l'étroite route, une étendue d'herbes sèches, parsemée de buissons aux teintes vert argent, dégage des fragrances herbacées. Quelques tamaris rabougris, comme des silhouettes pétrifiées, inclinent leur chevelure dans un mouvement figé par les assauts répétés du vent.

La Méhari bifurque sur la droite. Eustache met son clignotant et se laisse guider. Passés la Morelière, ils s'engagent dans une petite rue avant d'emprunter un chemin serré, parsemé de nids-de-poule. Des branchages de tamaris et de roseaux viennent fouetter les véhicules. Après un virage, la voiture de Mathilde s'arrête. Aussitôt, des aboiements sourds retentissent. Un gros chien, gris et blanc, au poil abondant et hirsute, arrive sur eux bondissant joyeusement.

— Mais oui, mais oui ! Tu vois, je t'amène quelqu'un, fait-elle en frottant affectueusement l'échine de l'animal. Je vous présente Méduse.

— Il est impressionnant, réplique Eustache maîtrisant mal sa défiance en tentant maladroitement de caresser le bobtail.

— C'est un gros nounours complétement inoffensif. C'est moi qui veille sur lui !

Eustache sourit et se tourne vers la maison. Pendue par une corde, suspendue à un gros clou fixé sur la façade, une planche indique « La cabane d'Antioche ». Devant une cour d'herbes sèches courtes, mêlées de quelques gravillons épars, se tient une maison longue et basse, surmontée en son centre d'un niveau supplémentaire. Le crépi défraîchi laisse entrevoir, par endroit, ses pierres dénudées. Quelques roses trémières, poussées dans quelques interstices, longent irrégulièrement sa façade, dodelinant joyeusement, fières d'arborer leurs fleurs roses. Dans plusieurs massifs, des belles-de-nuit attendent, impatientes, la tombée du jour pour sortir exhiber leurs pétales éclatants avant de se refermer, lasses, au petit matin. L'endroit est empreint de mélancolie.

De chaque côté, une haie de tamaris, de lauriers, de muriers entremêlés à d'autres arbustes indéterminés, ne permet pas de distinguer l'arrière de la bâtisse. Eustache, curieux, observe les alentours. La maison semble isolée. Seule, un peu plus loin sur la droite, une dépendance affiche sur le côté de la porte en bois « l'atelier d'Antioche ».

Mathilde, suivie du bobtail gambadant et rejointe par Eustache, s'approche de l'entrée de la maison. Une première porte donne sur un large vestibule couvert d'un avant-toit en tuiles. Sur des patères en bois, pendent des cirés jaunes et bleus. Au sol, des bottes en caoutchouc, presque alignées, côtoient des seaux remplis de griffes et râteaux pour la pêche à pied. Deux vélos sont adossés au mur. Elle pousse une deuxième porte, Eustache comprend, alors, que la maison n'était pas fermée à clé. Il se dit que quelqu'un est peut-être présent.

Mathilde l'invite à entrer dans une grande pièce lumineuse. Face à lui, deux grandes baies vitrées donnent sur l'océan. Attiré par cette immensité qui s'étend devant lui, il s'approche, fasciné. À quelques dizaines de mètres, l'estran s'étend longuement jusqu'à la mer. À l'horizon, quelques voilures blanches, qui semblent immobiles, se détachent sur le fond gris bleu du ciel.

— Quelle vue ! C'est magnifique, finit-il par dire.

— C'est vrai. Je ne m'en lasse pas, répond-elle sans détacher ses yeux de l'éclatant tableau. C'est toujours différent. Toujours différent et toujours splendide. Quel que soit le temps. Quelle que soit la marée. Ce que je préfère, c'est lorsque la mer est en furie…

— Vous vivez ici depuis longtemps ?

— C'était la maison de mes grands-parents. J'y venais lorsque j'étais enfant… Nous avons racheté les parts de mon frère à la mort de mes parents. J'y vis depuis que je suis en retraite.

Eustache ne pose pas la question de qui est ce « nous » dont parle Mathilde. Sans doute son mari.

— Je vous sers quelque chose ? poursuit-elle en se dirigeant vers la cuisine séparée de la pièce principale par un vieux meuble bas, en bois. J'ai une liqueur de cassis maison si cela vous dit. C'est bon pour la digestion ! Sinon, j'ai de la bière au frais.

— Une liqueur de cassis, ce sera parfait.

Pendant que Mathilde s'affaire, Eustache, adossé à l'encoignure de la baie vitrée, observe l'intérieur de la maison. Au fond, une haute et longue bibliothèque s'appuie contre un mur derrière un immense bureau en bois qui, surmonté d'une grosse lampe, fait face à l'océan. Accolé au mur de gauche, un canapé beige, garni de nombreux coussins aux tons grenat et marron occupe l'autre coin de la pièce. Près de lui, une confortable méridienne invite à la lecture et au prélassement. Un fatras de documents, de magazines et de tubes de peinture jonche une table ronde rénovée et marquée par le temps. La pièce est lumineuse et confortable. Pourtant, sans pouvoir véritablement l'expliquer, Eustache perçoit quelque chose d'imperceptible à première vue, qui pourtant éclate dans chaque recoin de ce décor : la solitude. Elle est là, présente. Envahissante. Sans doute, parce que lui aussi la connaît bien, il sait la reconnaître.

— On s'installe dehors, propose Mathilde en déposant, à l'extérieur, un plateau sur une petite table placée entre deux fauteuils.

Le regard rivé sur l'océan, ils restent un moment à échanger quelques banalités avant de finir par se taire, contemplatifs face à la marée montante. Nul n'éprouve le besoin de parler. Devant eux, les lumières de l'île de Ré et de La Rochelle tentent de percer la brume dans des scintillements timorés. Dans le pertuis, sur leur gauche, la balise d'Antioche émet ses éclats blancs sur un rythme régulier, avertissant les navigateurs des dangers du récif. Ils perçoivent le rugissement des vagues énormes qui déferlent sur le rocher.

Un petit vent, presque frais, finit par les sortir de leur engourdissement.

— Ça y est, le vent se lève. Il va pleuvoir, annonce Mathilde, fronçant les sourcils pour scruter le ciel assombri. Je pense même qu'une tempête s'annonce. Venez, je vous emmène à l'atelier !

Lorsqu'ils contournent la maison, quelques gouttes de pluie commencent à tomber. De sa poche, Mathilde sort une grosse clé qui ouvre l'entrée latérale de la dépendance. La porte en fer, peinte en gris foncé est surmontée d'une vitre. À gauche, deux fenêtres, comme des verrières, apportent sans doute la lumière nécessaire au travail du peintre.

— C'est l'entrée des artistes, commente Mathilde.

Elle appuie sur un interrupteur pour faire poindre une lumière jaunâtre qui peu à peu s'intensifie. Une forte odeur caractéristique des mélanges d'essence de térébenthine, de peinture à l'huile et de white-spirit les assaille. L'atelier est plus grand qu'Eustache ne l'avait imaginé. Un poêle à bois, au fond, attend l'hiver, cerné par deux piles de bois. À droite, la porte principale vitrée est fermée par un volet. Sur le côté qui donne sur la mer, une longue fenêtre horizontale est obstruée par un épais rideau gris. De nombreuses toiles sont posées au sol, adossées aux murs, certaines recouvertes de vieux draps. D'autres trônent sur des chevalets. Un lavabo, maculé de peinture séchée, jouxte un établi envahi de pinceaux, de couleurs, de bocaux, de chiffons et de palettes.

L'atelier rappelle à Eustache celui de Jeanne May* qu'il a visité il y a quelques années, au Château-d'Oléron, dans le cadre de l'enquête sur la mort du jeune Mathieu. Mêmes odeurs. Mêmes ustensiles. Il s'agit, sans doute, là aussi, d'une cabane de pêcheur réhabilitée. Pourtant, l'atmosphère y est différente. Les toiles pourtant colorées dégagent une certaine mélancolie mélangée à une forme de lascivité. Sur la plupart, des représentations de personnages, souvent féminins, marient des rouges et des bleus laissant le jaune dominer. La vivacité des couleurs est assombrie par une ombre inquiétante qui rompt la vitalité amenée par l'intensité des teintes et contraste avec l'ingénuité des sujets. Eustache ne saurait dire s'il s'agit de peinture naïve, fauve ou d'un style naïf impressionniste. Peut-être un peu tout ça.

Eustache ne dit rien. Il déambule dans la pièce, appréciant les peintures exposées, prenant parfois du recul pour en jauger une. La reposant pour en examiner une autre.

— Je peins mes émotions, ma vie, les gens qui m'entourent, explique Mathilde observant le comportement de son visiteur qui empoigne une toile à dominante orange. Là, c'est mon chat ! Il vient souvent sur mon bureau lorsque j'écris. C'est de l'acrylique. Je termine mes tableaux avec de la

* *Meurtre sur Oléron - Les mouettes ne se marrent plus.*

térébenthine de Venise. Ça donne plus d'éclat aux couleurs.

Sur un chevalet, une toile attire particulièrement le visiteur. Très différente des autres par son sujet et son style. Sur un grand format s'étend un paysage marin, un jour de mer déchaînée. Le bleu clair du ciel possède les mêmes bases que le bleu-vert profond de l'océan avec du bleu de Prusse, un vert clair et du blanc de titane pour démarquer l'écume. Une côte rocheuse déchiquetée se poursuit à l'infini, sur la longueur du tableau. Quelque chose de fort, de violent se dégage de cette peinture, bien au-delà de la représentation elle-même. Les coups de peinture sont marqués, appuyés, frappés. Il imagine Mathilde projeter violemment sur la toile des coups de pinceau saccadés, pour expectorer une détresse insurmontable, cherchant à évacuer une rage profonde, comme un défouloir salvateur.

— Celle-ci est très différente, fait-il en observant la femme qui se tient près de lui.

Mathilde détourne le regard, et ne répond pas. Il poursuit en pointant son doigt sur une partie du tableau.

— Très différente et pourtant on y retrouve, comme sur les autres, cette ombre… Elle est sur chacune de vos toiles.

Mathilde reste muette quelques instants avant de répondre d'une voix monocorde :

— C'est la présence de l'ombre qui met en éveil la lumière…

Eustache comprend qu'elle élude la question. Sa réponse est stéréotypée. Il ne parle pas de l'ombre naturelle qui exalte la lumière. Ou, comme dans les tableaux de Soulages, lorsque l'artiste utilise le noir pour mieux capter cette lumière et mieux la faire ressortir. Il fait allusion à cette zone noircie qui assombrit une partie de chacune de ses toiles. Comme un élément extérieur et perturbateur.

Alors qu'il s'apprête à insister pour mieux comprendre, un bruit sourd retentit. L'orage éclate. Au-dessus d'eux, les gouttes épaisses de la pluie martèlent le toit rendant l'espace assourdissant.

— Venez, rentrons ! Nous reviendrons.

Elle lui prend la main et l'entraîne dehors sous une pluie battante, sans prendre la peine de fermer la porte à clé. Ils peinent à courir. Le vent violent les freine. La tête rentrée dans les épaules, main dans la main, ils franchissent la porte-fenêtre restée ouverte, riant de cet intermède et de se voir ainsi trempés. Mathilde retire ses sandales, apporte une serpillière et des serviettes. Chacun se frictionne la tête en contemplant, fasciné, le spectacle de la mer impétueuse et furibonde.

— Il me reste quelques huîtres. Je suis allée les ramasser hier. J'ai des merluchons qu'un pêcheur m'a déposé et une petite bouteille de blanc d'Oléron. Un petit cognac, aussi, plutôt pas mal… Ça vous dit de rester manger ?

— Vous savez parler aux hommes… Comment résister ? Avec plaisir…

L'œil malicieux, presque impertinent, elle continue.

— Et rester dormir ?

Eustache observe la femme qu'il a devant lui. Il sourit avec gourmandise.

— Avec plaisir !

Dammemarie-les-Lys, un soir d'avril 1993

Marie coupe le moteur de sa Xantia. Comme d'habitude, elle est arrivée tôt afin d'être certaine de pouvoir stationner non loin du portail de l'école. Le haut mur d'enceinte en pierre empêche de distinguer ce qui se passe derrière, protégeant les enfants des regards extérieurs. Les arbres, qui le bordent, se parent déjà de leur feuillage vert tendre. Peu à peu, les parents s'agglutinent devant l'entrée. Une sonnerie retentit suivie de piaillements aigus qui masquent aussitôt les bavardages des adultes. Chacun récupère sa progéniture avant de s'éloigner, main dans la main. Marie sort, alors, de son véhicule pour franchir le portillon. L'institutrice, postée devant la porte du bâtiment, appelle en se retournant vers l'intérieur :

— Laurianne ! Aurélie ! Votre maman est là.

Les deux fillettes se lèvent du banc sur lequel elles sont sagement assises. Marie aide la plus jeune à se chausser et à enfiler son gilet pendant que Laurianne s'affaire seule. Après avoir salué la maîtresse d'un au revoir peu audible, elle empoigne les deux petites et s'avance jusqu'à la voiture. Sur la banquette arrière, elle attache Aurélie sur le siège auto obligatoire depuis l'année précédente, pendant que l'aînée boucle, elle-même, sa ceinture.

Pendant le trajet qui mène à la maison, les fillettes racontent les événements de leur journée d'école et énoncent le repas de la cantine. Laurianne est exaltée en évoquant la sortie prochaine d'une visite à la ferme.

— Ce n'est que pour les CP, précise-t-elle. Toi, Aurélie, tu es trop petite.

— C'est pas vrai ! Nous aussi, la maîtresse nous a dit qu'on verrait les ânes et les poules, proteste la plus jeune.

— Ce n'est que pour les CP, je te dis. Pas pour les petits !

La plus jeune se met à geindre :

— Si ! La maîtresse a dit que nous aussi.

— C'est peut-être un autre jour, convient la plus grande.

— Oui, c'est possible, réplique la mère de famille.

— Il faudra emporter le repas, continue l'aînée. Nous allons manger dehors s'il fait beau ou sous un hangar s'il pleut.

Marie écoute leur babillage en souriant. Dans le rétroviseur, leurs minois enfantins s'illuminent dans la perspective de cette virée champêtre. Blondes toutes les deux, la peau claire, les yeux bleus, elles se ressemblent même si dans le regard de Laurianne se devine déjà une certaine gravité caractéristique des aînés responsables.

Aussitôt après avoir ouvert la porte de l'appartement, les fillettes s'engouffrent dans leur chambre. Après quelques minutes, Marie les appelle pour le goûter. Les gamines s'installent, bavardant joyeusement autour de la table en avalant les tartines beurrées avant de retourner jouer. Marie nettoie la table et s'apprête à préparer le repas du soir lorsqu'elle perçoit le grincement de la porte d'entrée. Son visage se fige. Ses mains s'immobilisent.

— C'est moi !

Dominique est là, dans l'encoignure de la cuisine. Souriant, il la regarde en déposant sa sacoche sur une chaise avant de s'avancer pour lui passer une main dans les cheveux et l'embrasser sur la commissure des lèvres.

— Alors, surprise de me voir de si bonne heure ?

— Heu non… Oui, peut-être que tu rentres plus tôt que d'habitude.

— Une réunion a été annulée, j'ai trouvé sympa de rentrer plus tôt.

Il sort de la pièce pour revenir un verre de

whisky à la main et s'assoir les jambes tendues, desserrant sa cravate et s'étirant.

— Les filles sont dans leur chambre ? Ça s'est bien passé à l'école ?

— Oui.

Marie ne le regarde pas, concentrée sur les œufs qu'elle casse d'un coup sec dans le saladier.

— Je suis passé devant la Résidence Blanche de Castille, vers quatorze heures, annonce-t-il.

Marie stoppe le battement du fouet une petite seconde avant de reprendre de plus belle. Une sensation de chaud dans le bas de son visage et autour de son cou l'assaille. Elle active son mouvement sans répliquer. Elle comprend qu'il l'a surprise devant le bâtiment lors de sa visite à sa mère.

— Il m'a semblé voir ta voiture…

Alors que Marie s'apprête à répondre, Laurianne entre dans la cuisine en sautillant.

— Ah, voilà ma fille adorée ! Alors ma chérie, tu as passé une bonne journée ?

L'enfant s'approche de son père pour l'embrasser. Il la prend sur ses genoux et lui rend son baiser en l'enlaçant.

— Oui, répond l'enfant. La maîtresse nous a dit que nous irons visiter une ferme.

— Une ferme ? Ah, mais c'est très bien ça. Ta sœur y va aussi ?

Aurélie entre à son tour dans la pièce.

— Oui, la maîtresse a dit que nous aussi.

— Moi, je crois que ce n'est pas vrai. Ce n'est que pour les CP.

Marie intervient :

— J'irai demander des précisions à Madame Chausset demain. Il n'y a encore rien d'inscrit sur les carnets de liaison.

Laurianne reprend :

— En tout cas, nous c'est sûr qu'on y va. On va même manger dehors ou sous un hangar s'il pleut.

— On va voir des ânes, des poules et même des moutons…

— Et des lapins. On pourra avoir des lapins quand on sera dans la nouvelle maison.

Dominique sourit.

— Nous verrons. Ce sera une maison, pas une ferme… rit-il. Nous aurons peut-être un chien.

— Un chien ! Oh… Merci papa.

Laurianne regarde sa sœur, des étincelles dans les yeux. Un sourire illumine le visage de la plus jeune.

— Nous n'en sommes pas encore là. J'ai dit peut-être… Nous n'avons pas encore déménagé. Tu as commencé les cartons ? demande-t-il à l'adresse de sa femme.

— Oui, j'ai mis tous les vêtements d'hiver et une partie de la vaisselle que je n'utilise que très peu.

— Bon, les filles retournez dans votre chambre. Je vous appelle pour le repas. Je dois travailler sur un dossier. Ne faites pas trop de bruit, fait-il en se levant et donnant une petite tape sur les fesses de l'aînée avant de sortir de la pièce.

Seule, Marie reste un instant immobile. Les deux mains derrière son cou, elle inspire profondément en étirant sa tête en arrière, fixant longuement le plafond avant de reprendre le cours de sa préparation culinaire.

Après le repas, Dominique retourne dans son bureau pendant que Marie entraîne les filles dans la salle de bains pour les aider à prendre leur douche, à se brosser les dents et à se mettre en pyjama. Une fois couchées, le récit de l'histoire du soir, lu par la voix douce de leur mère, berce les petites qui ne tardent pas à s'assoupir. Précautionneusement, Marie sort de la pièce après les avoir embrassées et avoir ramené délicatement les couvertures protectrices sur elles. Alors qu'elle éteint la lumière de la chambre avant de fermer doucement la porte, elle sursaute en percevant la présence de son mari, posté juste là, devant elle.

— Je te disais, donc : il m'a semblé voir ta voiture…

— Je suis allée voir ma mère, réplique-t-elle sur la défensive.

Dominique plaque sa main sur la nuque de Marie qui se raidit aussitôt, puis l'entraîne, ainsi, dans la pièce principale.

— Tu sais que ta mère ne te reconnaît plus ! Et cela, depuis un bon moment… À quoi bon y aller, tempête-t-il en pressant encore davantage l'étau.

Sans un mot, Marie cherche, sans y parvenir, à s'extraire de ses doigts crispés en secouant la tête et s'aidant de ses mains. Il maintient sa prise fermement. Résignée, elle baisse les bras.

— Tu sais, aussi, que nous en avons déjà parlé, ajoute-t-il. Je te l'ai déjà dit. Cette fois encore, tu n'as pas écouté. Je te le répète une dernière fois : ça ne sert à rien d'y aller ! Elle… ne… te… reconnaît… pas !

— C'est ma mère ! Elle est malade, je ne peux la laisser.

— Elle n'est pas malade ! Elle perd la boule, nom de Dieu. Alzheimer : putain, tu sais ce que ça veut dire ? C'en est fini. Elle ne guérira pas, elle ne te reconnaît plus, plus jamais, ni toi, ni les filles, ni personne. Et, ça ne changera jamais !

Il lâche le col de sa femme en la projetant sur le sofa. Dans un souffle, Marie porte la main à son cou douloureux. Ses larmes perlent à la commissure des yeux. Ses deux mains se plaquent sur son visage. Elle voudrait tellement être plus forte. Ne pas pleurer. L'affronter. Elle n'y parvient pas. Il est toujours plus fort. Mais au moins… ne pas pleurer.

— Tu devrais me remercier, plutôt que de pleurnicher ! C'est moi qui paie la résidence de ta mère.

Je te rappelle que cette petite folie me coûte un bras tous les mois. Et tout ça, pour rien puisqu'elle ne s'en rend même pas compte. C'est pour toi que je fais ça ! Uniquement pour toi ! Si c'est pour que tu ailles t'en occuper, ça ne sert à rien, autant la mettre dans un chenil à deux balles ! Si c'est ça que tu veux… C'est ça que tu veux ?

— …

— Réponds, nom de Dieu. C'est ce que tu veux. Que j'arrête de payer la résidence ?

Elle voudrait répondre qu'elle ne veut pas l'abandonner ainsi. Que, sans aucun doute, ses visites lui sont bénéfiques, malgré les séquelles irréversibles de la maladie. Elle aimerait ajouter que les moments passés avec sa mère lui font du bien à elle aussi. Qu'ils sont, en quelque sorte, une échappatoire salvatrice à la désolation de son existence. Lorsqu'elle lui donne à manger, dans le calme de la chambre particulière, Marie relate sa propre vie dans un monologue monocorde qui laisse imperturbable la vieille femme, concentrée sur sa becquée. Dans son récit, devant un visage impassible, elle évoque ses journées passées à s'assurer que tout est en ordre dans l'appartement, bien à sa place, son travail qu'elle a abandonné, ses filles si jeunes, sa dépendance financière… sa peur aussi. Sa mère est son seul refuge. Un refuge muet et non jugeant. Sans compter qu'en se racontant ainsi, devant le visage doux et absent de sa mère, des perspectives infimes la renforcent chaque fois un peu plus. Elles lui sont salutaires, ouvrant une lueur d'espoir : celle que tout cela s'arrête un jour. Pourtant, même dans ce moment privilégié, elle ne dit pas tout. Ce n'est pas possible. Elle-même n'a pas le courage d'entendre l'inacceptable, accepté. Pourquoi ne trouve-t-elle pas la force de partir ? Entendre sa propre faiblesse lui serait insupportable. La vivre est déjà bien suffisant.

— Alors, c'est ça que tu veux, que j'arrête de payer la résidence ?

— Non, bien sûr que non. Mais... finit-elle par bredouiller.

Marie est assise, prostrée sur le canapé. Il empoigne violemment ses mains afin de libérer son visage. Elle lève vers lui son regard implorant. Des larmes coulent.

— Mais, quoi ? Je te le répète. Tu ne dois plus y aller. Ça ne sert à rien. Nous avions convenu que si tu arrêtais de bosser, c'est pour t'occuper des filles et de la maison. Je n'ai pas, en plus, les moyens de payer une femme de ménage et une nurse... Sans compter qu'avec le déménagement, tu as autre chose à foutre que d'aller te balader inutilement...

Marie ne répond rien et renifle. En sortant un mouchoir de la poche de sa robe, le bas du tissu remonte sur sa jambe galbée dévoilant une partie de sa cuisse. Aussitôt, elle replace le vêtement recouvrant ainsi ses genoux. Elle baisse les yeux.

— Bon allez, viens, on ne va pas se fâcher pour ça !

La voix de Dominique devient moins aigüe, plus rauque. Plus chaude. Il se rapproche de sa femme, la tire doucement à lui.

— Ta mère est dans un bel endroit. Des gens, des professionnels s'occupent d'elle. Je fais tout pour ça. C'est pour toi que je le fais. Je suis ton mari. Je ne veux que ton bien, Marie… Dis-moi que tu m'en es reconnaissante. Dis-le-moi, Marie.

La tête légèrement penchée, il caresse la joue de sa femme, passe une main dans ses cheveux qu'il tire soudainement en arrière. Un frisson parcourt l'échine de Marie. Sa respiration s'accélère. Ses yeux s'embrument. Son corps tout entier se tend. Elle sait la suite.

— Dis-le ! répète-t-il langoureusement dans l'oreille.

Sa bouche parcourt son visage dégageant, sur elle, son haleine. Il murmure :

— Dis : merci Dominique pour ce que tu fais pour moi.

Dans un souffle, Marie, la tête maintenue en arrière, répète comme une marionnette maintenue et guidée par des cordes.

— Merci, Dominique pour ce que… Lâche-moi, tu me fais mal !

Dans un geste, il la retourne et la plaque, la joue maintenue fermement contre le mur. Il lui malaxe les fesses avant de soulever sa robe pour dégager son slip. Il passe sa main devant elle, agrippe fermement son sexe et lui enfonce un doigt profondément dans un râle de satisfaction. Marie, le visage toujours plaqué contre la paroi, pousse un léger cri. Il remonte le tissu de sa robe sur son dos et baisse son slip jusqu'aux genoux. Ses deux mains tirent son cul en arrière. Il se baisse, lui écarte les cuisses pour fourrer sa langue. Il se redresse, dégrafe son pantalon, crache dans sa main et enfourne son sexe dressé dans celui écartelé de sa femme. Marie ferme les yeux. Le zygomatique maintenu contre le mur, lui fait mal. Son corps entier tressaille à chaque coup de boutoir. Fermant les yeux, elle attend son râle caractéristique qui annoncera qu'il a fini.

Enfin, il se dégage d'elle qui reste immobile, quelques instants, appuyée face au mur. Les larmes coulent sur ses joues, brouillant sa vue. Sa robe descend le long de ses jambes comme une caresse. L'eau du robinet coule dans la salle de bains.

— Chérie, ne te mets pas en retard dans les cartons.

Oléron, jeudi 21 juillet 2016

Le soleil transperce le rai de lumière qui s'insinue entre les volets entrouverts. Eustache laisse ses yeux parcourir les infimes particules qui dansent joyeusement devant le nouveau jour qui se lève. Il a entendu Mathilde se lever puis la Méhari pétarader avant de s'éloigner, accompagnée par les jappements joyeux du bobtail. Curieux, il s'assoit au bord du lit pour observer la chambre espérant, à travers l'exploration de son univers, mieux cerner cette femme chez qui il devine des blessures enfouies. La pièce est sobre, meublée d'une armoire et d'une commode rénovée, surmontée d'un miroir, de nombreux flacons et de quelques coupes contenant des bijoux ; des bagues et des colliers plutôt imposants. Sur le côté, un grand fauteuil amasse des vêtements désordonnés. Des lampes, au pied en bois flotté, posées sur les chevets encadrent le lit. À droite de la porte, trois dessins d'enfant, sous verre, ornent un mur. L'un représente une maison, encadrée par deux arbres aux feuillages généreux, qui laisse échapper la fumée de sa cheminée. Un autre illustre trois personnages en *dessin bâton* représentant un homme, une femme et une fillette se donnant la main, sous un soleil radieux. Sur le troisième, le phare de Chassiron avec ses zébrures noires et blanches de bagnard domine l'océan du haut de la falaise.

Face au lit, ceint d'un léger voilage blanc laissant passer la lumière, la fenêtre surplombe la mer. Il tourne la tête et sourit en regardant l'oreiller vide et encore marqué de la tête de Mathilde. Il repense à son corps de femme, à ses formes pulpeuses, à sa peau tannée finement ridée, à son goût salé.

Il enfile son caleçon et son tee-shirt avant de descendre les marches qui le mènent à la cuisine. Une cafetière crachote son nectar exhalant son odeur suave familière. Sans doute à son intention, un bol, du pain, du beurre et deux pots de confiture sont disposés sur la table. Un post-it : « Je rentre dans une heure. Tu seras peut-être là à mon retour ». Il sourit devant cette délicate attention. Voilà bien longtemps que personne ne lui a préparé un petit déjeuner. À bien y réfléchir : personne, si ce n'est son père. Mince ! Il ne l'a pas appelé. Il remonte dans la chambre récupérer son portable dans sa poche de pantalon. Deux SMS en attente, trois appels dont deux de son père. Il entend la sonnerie :

— Oui, c'est moi… Oui, j'ai vu… Non, je n'ai pas eu le temps de te répondre… Oui, ça s'est terminé tard… Tu ne vas pas t'inquiéter à chaque fois que je vais sortir de la maison ! Si, je t'ai prévenu… Oui… Euh, oui chez Oscar… Oui, je lui donne ton bonjour… Sa femme ? Comment elle s'appelle ? Elle s'appelle Babette… Oui, elle est là, elle aussi… Oui, je lui dis à elle aussi… Euh, non, je ne sais pas exactement… Bon, allez. Ne t'inquiète pas. Je te dirai quand je rentre… Oui, c'est ça. Bisou.

Il raccroche en souriant, amusé par la situation. À 54 ans, commissaire de police, il se sent obligé de mentir à son père pour ne pas être contraint de tout expliquer ou de se justifier. Il se verse le café fumant dans un bol et se poste devant la baie vitrée. Quelle lumière ! Il ne se lassera jamais de ces paysages marins.

Une fois passé par la salle de bains, il sort et s'avance tranquillement vers l'estran caillouteux. La mer s'est éloignée. Il hume avec délectation les senteurs iodées et d'humus qui lui donnent l'impression de respirer pleinement. Le soleil est revenu faisant luire les pierres et scintiller les gouilles d'eau emprisonnées par les rochers parsemés d'algues aux nuances brunes et vertes. Les quelques bancs de sable restés humides impriment les marques de ses pas. Plus loin, les goélands argentés et les mouettes se marrent en survolant la côte à l'affût de poissons à pêcher. Il ôte ses chaussures pour apprécier la température de l'eau et se laisser fouetter par les assauts des vaguelettes qui déferlent à ses pieds.

— Sacrebleu, elle est froide!

Après quelques pas, il rebrousse chemin. L'atelier de peinture, à gauche, de la maison l'attire. Il pousse la porte restée ouverte. Le soleil s'infiltre timidement à travers la fenêtre. L'odeur aqueuse est toujours là, imprégnée, tenace. Les toiles suspendues, posées contre les murs ou sur les chevalets exposent leurs couleurs franches et soutenues, traversées par une ombre allongée qui s'invite sur chacune d'elles comme pour indiquer, dans cette noirceur que la gaieté ne peut être qu'abimée et ne peut être qu'une illusion de bonheur. Les motifs principaux, empreints de lascivité et de sérénité, contournés d'un trait harmonieux, lui rappellent les toiles fauves de Matisse.

Au fond de la pièce, à droite d'une pile de bois, un morceau de drap jauni et tacheté de peinture, protège une dizaine de tableaux retournés. Curieux, Eustache retire le tissu maculé. Le premier, représente le phare de Chassiron dans un style plat, sans fioriture, comme la représentation stricte de l'édifice. Telle une photographie. Il est pourtant signé Mathilde Sauzelle. Sur chacun des autres, le visage d'un enfant, toujours le même : celui d'une petite fille au regard espiègle, à la bouche pleine, aux cheveux longs et clairs. Même tonalité caractéristique des peintures de l'artiste. Mais sans l'ombre.

Troublé par ce portrait peint sur les neuf toiles, Eustache imagine qu'il s'agit de sa fille. Il n'a repéré aucune photo dans la maison. Peut-être a-t-elle perdu un enfant. Ceci expliquerait son visage marqué et son regard empreint de mélancolie, souvent absent. Un tel événement bouleverse une vie, laissant des cicatrices indélébiles à l'âme. Il n'en doute pas. Rien ne peut plus être comme avant. Il pense alors à sa fille Jeanne et préfère refouler ces idées sombres en replaçant délicatement le drap avant de sortir de l'atelier.

Empreinte de sérénité, baignée par la lumière marine, la maison, pourtant cabossée par les années, irradie des ondes bienfaitrices et rafraichissantes. Revigoré par ce décor, Eustache décide de faire un tour de vélo. Après avoir repoussé la porte du vestibule, le chemin parsemé de nids-de-poule l'entraîne jusqu'à l'embranchement de la route. Il tourne à droite. Le soleil chauffe déjà, pourtant un petit vent s'invite, ralentissant son allure. Très vite se profile, face à lui, la longue silhouette du phare, telle la tour d'un échiquier géant, qui se serait perdue dans un univers naturel et sauvage. De part et d'autre, l'océan fait rugir ses chevaux avant de venir se fracasser sur les rochers. Le vacarme du ressac retentit autour de lui.

Parvenu à la pointe de l'île, Eustache s'approche pour observer, en contrebas, l'écluse à poissons partiellement découverte. Le long mur de pierres sèches, en forme de fer à cheval, bâti sur la roche, s'ouvre vers la plage. Les quelques ouvertures grillagées, les bouchauds, laissent l'eau s'écouler à marée descendante mais retiennent les poissons suffisamment gros, piégés à l'intérieur. Les petits parviennent à s'échapper. Il suffit, alors, d'aller cueillir, à pied, ceux pris au piège.

— C'est très inventif comme construction. Vous savez que les premières ont plus de mille ans. Elles se sont développées surtout à partir du Moyen Âge.

Un homme s'est posté près d'Eustache, la main en visière pour protéger ses yeux du soleil, malgré une casquette vissée sur sa tête. Légèrement voûté, la peau de son visage est burinée par une vie passée, sans nul doute, à l'extérieur, sous le vent et le soleil. Vêtu d'un pantalon gris fatigué, surmonté d'un pull bleu parsemé de quelques accrocs, il poursuit, comme pour se rappeler à lui-même, sans attendre de réponse et sans lâcher des yeux l'immensité marine.

— Elles ont toutes une histoire… Elles ont d'abord été interdites par le roi aux XVIe et XVIIe siècles sous prétexte qu'elles pouvaient être dangereuses pour la navigation. Penses-tu! C'est surtout parce qu'elles appartenaient au domaine public et qu'elles échappaient à la seigneurie. Il a fallu que l'État décide de les exploiter pour que la monarchie en reconnaisse les mérites économiques… Les titres des concessions ont, alors, été accordés par le roi jusqu'à la Révolution française, alors les exploitations se sont multipliées.

Il se tait un instant, avant de reprendre son monologue.

— Ces pêcheries ont rudement amélioré l'ordinaire des Oléronais en apportant de nouveaux revenus. Vous savez, c'est sans doute, en partie, grâce à ces écluses que les paysans ont survécu avant de basculer dans l'économie balnéaire et touristique. Je vous le dis, ils auraient mieux fait de mettre le paquet avec ces écluses. Y'aurait pas ces bicoques de vacanciers un peu partout et ces touristes qui viennent nous emmerder tous les étés!

Eustache sourit, amusé par la remarque et le ton employé par le vieil homme.

— Il en reste beaucoup sur l'île de ces écluses?

— On n'a plus le droit ni d'en créer ni de les renouveler. Alors forcément, cette pêche disparaît. Maintenant, on pêche au chalut… avec les dégâts que l'on connaît. Au fil des ans, plus personne ou presque n'entretient les murets qui sont endommagés par les marées… Il reste quelques codétenteurs et quelques associations qui s'occupent d'entretenir les 17 restantes… C'est mieux que rien, même si ça ne présage rien de durable…

Il s'interrompt, retire sa casquette, se frotte la tête avant de la repositionner, puis poursuit en dévisageant Eustache resté attentif et muet.

— Vous n'êtes pas d'ici… Vous voyez cette côte, elle se fait grignoter peu à peu… Ces écluses servent aussi de boucliers à l'érosion. Sans compter qu'elles protègent aussi la flore et la faune. Elles représentent un atout écologique non négligeable… On le regrettera un jour. C'est comme ça… Bien le bonjour, Monsieur.

— Vous semblez bien connaître l'histoire de l'île…

L'homme ne répond pas à la remarque qui lui est faite et s'éloigne d'un pas lent, sans se retourner. Eustache reste, quelques instants, interdit à suivre des yeux la silhouette courbée qui s'efface peu à peu. Son regard se pose alors sur l'écluse frappée par les vagues. À voix haute, il conclut le monologue du vieil homme :

— C'est dingue que des choses qui existent depuis la nuit des temps, qui ont survécu à des siècles d'histoire, qui fonctionnent simplement et gratuitement grâce aux rythmes immuables des marées, disparaissent peu à peu. Tout ceci n'intéresse plus nos sociétés. Et ne sert aujourd'hui qu'à intriguer les touristes… Comme moi !

La mer monte. Eustache s'éloigne pour rejoindre la côte ouest, pédalant péniblement, frappé par les rafales de vent de plus en plus violentes. Il contourne la tour et le sémaphore voisin pour atteindre la petite maison en pierre qui surplombe la falaise. La porte est ouverte. La curiosité l'entraîne à l'intérieur après avoir accoté son vélo contre le mur. La pièce, pas très grande, abrite une cheminée monumentale qu'il contemple un moment avant de s'attarder devant la fenêtre qui donne sur l'océan. Alors qu'il s'apprête à rebrousser chemin, la Méhari orange, stationnée un peu plus loin sur le bord de la route, se détache du décor. Assise sur un banc, Mathilde fait face à la mer, Méduse assis à ses pieds. Il l'observe un moment : les yeux rivés sur l'horizon, ses cheveux, pourtant maintenus par un large bandeau, sont battus par le vent. Avec des gestes gracieux et instinctifs, elle tente, en vain, de les maintenir pour éviter qu'ils n'obstruent ses yeux. Son regard lointain, traverse l'horizon.

Eustache hésite à l'approcher et choisit de ne pas la déranger dans ce moment volontaire de solitude. Il retourne à la maison, pédalant péniblement, luttant contre les violentes bourrasques de vent.

Oléron, jeudi 21 juillet 2016

Juste avant de virer à gauche pour entreprendre le chemin étroit qui mène à la maison de Mathilde, Eustache entend, derrière lui, pétarader la Méhari. Le véhicule le dépasse en klaxonnant avant de s'éloigner sur le sentier. Méduse, poils et museau au vent, est assis sagement sur la plage arrière.

Lorsqu'il arrive, essoufflé, devant la maison, Mathilde l'attend souriante, la main en visière pour se protéger du soleil, le chien gambadant autour d'elle.

— Tu as fait un grand tour ? questionne-t-elle.

— Je suis allé jusqu'au phare. Y avait un sacré vent… Je t'ai aperçue, fait-il en replaçant le vélo dans le vestibule.

— J'y vais presque tous jours. Souvent le matin, il y a moins de monde. J'emmène promener Méduse. Tu n'es pas venu à ma rencontre ?

— Tu semblais bien concentrée, je n'ai pas osé te déranger.

Elle ne réplique pas et sort un panier chargé de courses de l'arrière du véhicule.

— Tu restes manger ?

Il lui lance un sourire radieux en empoignant le cabas.

— Avec plaisir !

Installés autour de la table, Mathilde coupe les légumes épluchés par Eustache. Ils bavardent en préparant le repas et sirotant un petit pineau. Il lui raconte sa rencontre insolite avec le vieil homme au bord de l'écluse à poissons. Elle l'interroge sur sa vie de commissaire. Lui explique que les gens ont souvent une vision de ce métier bien loin de la réalité. Les séries télévisées contribuent à ce que les gens s'en fassent une idée fausse, idéalisée et faisant d'eux des cowboys qui gagnent à tous les coups. Alors que toutes les enquêtes n'aboutissent pas forcément. Sans compter que son job consiste, avant tout, à la gestion matérielle et budgétaire du commissariat, aux relations avec les magistrats et les syndicats. Une bonne partie de son temps est également consacrée à la vérification de l'application des procédures et à la gestion du personnel. Et ce n'est pas le plus simple… et puis seulement après tout ça, il y a le travail de terrain : le boulot de flic. Il lui explique qu'avant tout, c'est un vrai travail d'équipe qui nécessite un collectif solide indispensable. Sans cela, il n'est pas possible de venir au bout des enquêtes. À La Rochelle, où il a passé le plus clair de sa carrière, il a vécu, il y a une dizaine d'années, deux années compliquées avec un supérieur et une équipe mal ficelée. Les tensions avaient des répercussions dans les opérations de terrain et sur le moral des flics. À Besançon, là où il travaille depuis sa mutation l'année dernière les choses se passent plutôt bien.

— Besançon, répète-t-elle. C'est marrant ça! Je connais bien. J'y ai travaillé plusieurs années. Pourquoi Besançon ? C'est toi qui as demandé à partir là-bas ?

Eustache ne répond pas tout de suite.

— Oui. Il faut être mobile pour passer divisionnaire.

— C'est dans le cadre d'une promotion alors ?

— Pas vraiment. Ce n'est pas la vraie raison… Ce n'est pas pour le climat non plus, lance-t-il en riant avant d'annoncer sur un ton plus grave :

— C'est pour me rapprocher de ma fille.

— Tu as une fille ?

— Oui. Elle s'appelle Jeanne. Elle a 9 mois. La voilà, fait-il en tendant son portable qui affiche le portrait de l'enfant.

— C'est un joli bébé, répond Mathilde en lui rendant l'appareil.

— Mais c'est légalement celle de mon ex-femme et de son amie. Amie avec un e, précise-t-il un tantinet embarrassé.

Mathilde le regarde attentivement en fronçant les sourcils. Elle n'est pas certaine de bien comprendre. Eustache pose son couteau.

— Ma femme m'a quitté pour une autre femme. Je lui ai fait un enfant ou plutôt, j'ai accepté de leur faire un enfant. Et moi… ben depuis, je fais la nounou… de temps à autre… Tu vois, l'époque des cowboys est passée…

La femme ne réplique pas aussitôt. Elle regarde attentivement le flic face à elle qui n'ose plus la regarder ; sans doute honteux ou chaviré par la révélation qu'il vient de lui faire alors qu'ils se connaissent à peine.

— Je trouve cela vraiment très fort, Ray. Il faut une force incroyable pour accepter de faire une chose pareille. Le plus facile aurait été de refuser. Le plus dur a été de l'accepter et d'aller jusqu'au bout… Il faut aussi, sans doute, être très amoureux…

Elle s'approche de lui et le fixe intensément de ses grands yeux verts. Délicatement, il lui replace une mèche de cheveux qui s'est échappée de son large bandeau pour venir taquiner sa joue. Elle lui pose un baiser sur le front. Il l'attire, alors contre lui pour lui murmurer doucement, la tête enfouie dans ses cheveux.

— Merci.

Oléron, jeudi 21 juillet 2016.

Le repas terminé, ils savourent tranquillement leur café, sur la terrasse, face à l'océan qui entreprend déjà sa descente. Au loin, la côte de l'île de Ré se reflète dans l'eau donnant l'illusion d'une haute falaise, sur toute sa longueur.

— Je n'avais jamais vu ça, lance Eustache. C'est très net ! Regarde, on voit la même chose sur La Rochelle.

— C'est assez rare, ça arrive parfois, réplique Mathilde. Je pense qu'il s'agit d'un effet d'optique.

— Elle est incroyable cette île. Au fil des ans, il semble qu'ici rien n'ait changé, comme si le temps s'y était arrêté. Alors que, partout dans le monde, tout est en mouvement permanent, en effervescence incessante. Tout bouge sans cesse. Sans cesse et de plus en plus vite. Ça fiche le tournis, toute cette agitation.... Ici, le temps prend son temps. Rien ne change et pourtant tout est toujours différent, la lumière, les paysages… C'est reposant et ressourçant.

Le silence se fait un moment. Eustache se rapproche de Mathilde et l'embrasse avant de lui prendre la main pour l'entraîner dans la chambre, à l'étage. Tendrement, ils font l'amour, la fenêtre ouverte. Le vent vient balayer les rideaux apportant avec lui les senteurs océanes. Une fois rassasiés de sexe et de caresses, encore engourdis, ils restent allongés face à face. Eustache sourit à la femme qu'il a devant lui. Il déplace délicatement la mèche rebelle qu'elle a devant les yeux :

— J'aimerais t'acheter une toile, murmure-t-il.

— Bonne idée… répond Mathilde en souriant. Elle se lève, enfile un peignoir pendu sur une patère et ramasse ses vêtements restés au sol qu'elle replace sur le fauteuil déjà encombré. Tu en as trouvé une qui te plaît ?

— J'hésite entre deux… Je suis retourné dans ton atelier ce matin, avoue Eustache. Je crois que j'ai vu quelque chose que je n'aurais, sans doute, pas dû voir…

La femme ne réplique pas aussitôt et finit par déclarer :

— Je n'ai rien à cacher, Ray… Viens me montrer les toiles qui t'intéressent.

Alors que Mathilde ouvre les portes et les volets pour laisser entrer la lumière dans l'atelier, des pas se font entendre dans la cour. Un couple se poste dans l'encoignure de la porte.

— Bonjour. C'est ouvert ? Nous pouvons entrer ?

— Je vous en prie.

Mathilde sort un grand chevalet devant la porte pour y déposer un grand tableau aux couleurs marines. Un gros galet, aux formes arrondies, sert de cale pour maintenir la porte. Le couple déambule dans la pièce marmonnant des commentaires peu audibles, s'arrêtant de-ci de-là devant un tableau, avant de s'apprêter à ressortir.

— Nous aimons beaucoup ce que vous faites. Vraiment ! Nous reviendrons. Nous sommes en vacances à Saint-Denis.

— Avec plaisir. Je vous laisse une petite carte avec l'adresse de mon site et mon téléphone. L'atelier n'est pas ouvert de façon régulière. N'hésitez pas à m'appeler.

Alors qu'ils s'éloignent, elle explique à Eustache :

— Pas facile la vie d'artiste. Les gens sont souvent enthousiastes lorsqu'ils découvrent les toiles dans l'atelier. L'atmosphère leur plaît, ça les change de leur univers Ikea. Pour autant, les ventes se font rares, ou plutôt épisodiques… Ceux-là, je ne suis pas certaine de les revoir. Nous verrons bien.

Eustache s'approche d'une toile posée à même le sol et adossée au mur. Il l'empoigne des deux mains qu'il tend devant lui pour l'examiner attentivement. Il s'agit d'une odalisque allongée sur un sofa. Un vase érigeant des fleurs colorées est posé sur un guéridon au coin de la pièce. Des piles de livres jonchent le sol au pied du canapé. Derrière, une fenêtre ouverte donne sur un parc traversé par une ombre. En dehors de cette tache sombre, le tableau est lumineux.

— J'hésite entre celui-ci et celui du chat, fait-il en se retournant sur l'autre toile.

— Prends le temps de réfléchir. Viens…

Mathilde lui prend la main et l'entraîne au fond de l'atelier. Elle soulève le drap qui couvre les tableaux retournés et soulève l'un d'eux représentant le visage de la petite fille. Mathilde la regarde attentivement.

— C'est ma fille… Ma fille, Alice que j'ai perdue.

Eustache soupire. Il avait vu juste. Mathilde passe son doigt sur les traits délicats de l'enfant et poursuit :

— Certains perdent leur trousseau de clés, leur portable ou je ne sais quoi. Moi, c'est ma fille que j'ai perdue.

Le commissaire fronce les sourcils. Mathilde comprend qu'il n'a visiblement pas compris le sens précis de sa phrase.

— Oui, Ray, « perdue » au sens propre du terme. J'ai perdu ma fille. Le 20 juillet 1993 à 10 heures 10, j'ai perdu ma fille : elle a disparu.

Eustache reste interdit, le temps d'encaisser l'information. Il l'entend continuer :

— Les tableaux que tu vois là, représentent son visage au moment de sa disparition. Le temps passe, j'ai peur d'oublier ses traits. Alors pour être certaine de ne jamais les oublier, je la peins de mémoire. C'est un exercice difficile. De plus en plus difficile... Le jour où je n'y parviendrai plus, j'aurai l'impression de la perdre encore une fois.

Le silence se ferme sur le visage de l'enfant.

— Tu veux me raconter ce qui s'est passé ?

— C'est l'homme ou le flic qui pose la question ?

— Je suis les deux... mais tu peux choisir celui à qui tu veux t'adresser.

— J'ai besoin des deux, même si je ne crois plus vraiment ni en l'un, ni en l'autre... Rentrons si tu veux bien...

Mathilde prend le temps de refermer l'atelier.

— Sortons les deux toiles, tu pourras les regarder sous une autre lumière demain matin, fait-elle en lui tendant les tableaux.

Une fois dans la maison, ils choisissent de s'installer sur la terrasse, face à la mer. Mathilde débouche une bouteille et sert deux verres qu'elle pose sur la table basse près des deux fauteuils. Le vent est frais. Elle retourne chercher deux plaids qu'elle dépose sur les sièges. Après un silence, assis confortablement, un verre à la main, Eustache se tourne vers Mathilde. Son visage est fermé. Il entend :

— Nous étions en vacances sur l'île, comme chaque été. Ou presque. Il faisait un temps radieux. Nous avions promis à Alice de gravir les 224 marches du phare. Elle ne l'avait encore jamais fait. Elle était excitée à la perspective de cette ascension. Elle avait 5 ans. C'était le 20 juillet 1993. Ça a fait 23 ans, hier…

Sa voix s'affaisse dans un soupir.

— Nous ? Interroge le commissaire concentré sur les éléments factuels du récit.

— Nous, c'est Lucien, mon mari, Alice et moi.

— Vous logiez où ?

— Ici, dans cette maison ! Elle appartenait alors à mes parents. Nous avions l'habitude d'y passer une grande partie de nos vacances. Nous nous y retrouvions avec mon frère, sa femme et mes neveux quasiment tous les étés. L'atelier servait de dortoir, à l'époque. C'est moi qui l'ai transformé en atelier depuis que j'y vis.

Après un court arrêt, Mathilde reprend :

— Nous étions partis assez tôt le matin, pour éviter de faire la queue à l'entrée du phare.

— Ton frère, sa femme et tes neveux ne sont pas venus avec vous ?

— Non, ils y étaient allés plusieurs fois… Cela aurait, sans doute, changé les choses…

Eustache ne réplique pas à cette remarque amère, empreinte de regret. Il attend la suite.

— Lucien a acheté les places. La dame au guichet nous a avertis que ce n'était pas facile pour les enfants de cet âge. Alice a insisté et a entrepris la montée avec allégresse. Très vite, elle a ralenti l'allure. Nous avons dû nous arrêter à plusieurs reprises, plaqués contre les parois pour laisser passer les autres visiteurs. Quand finalement, nous sommes arrivés au sommet, complètement essoufflée, Alice était très fière d'elle. Elle s'est d'abord assise pour récupérer puis a regardé le panorama, épatée de voir le monde d'en bas si petit... La mer était mouvementée, la marée descendait. Alice était persuadée avoir vu une baleine au loin. Ça nous faisait rire... Nous ne l'avons pas démentie. Le vent soufflait et sifflait à tue-tête. Ses cheveux voltigeaient autour d'elle, ses couettes virevoltaient dans tous les sens. Elle était lumineuse... Radieuse...

Mathilde lance ces paroles, le regard lointain. Eustache comprend qu'elle revit la scène. Elle poursuit.

— La descente a été plus rapide, mais plus éprouvante. C'était même assez dangereux. Lucien l'a portée un moment puis s'est mis devant elle pour la retenir au cas où elle trébucherait dans les escaliers. Les marches sont hautes pour des petites guiboles... Nous étions soulagés une fois arrivés en bas. Il faisait chaud, nous sommes allés chercher des glaces que nous avons mangées tranquillement sur un banc. Puis, nous nous sommes promenés, un moment, autour du phare. Comme tous les mois de juillet, à marée basse, il y avait beaucoup de monde.

Mathilde soupire un instant avant de reprendre son récit.

— À l'époque, le phare n'était pas si joliment aménagé qu'aujourd'hui avec les jardinets bien entretenus et organisés en rose des vents. Il y avait des haies et de nombreux buissons éparpillés un peu partout. Nous avons entamé une partie de cache-cache… Alice s'est cachée et nous ne l'avons jamais trouvée… il y a aujourd'hui 23 ans.

Silence.

— La dernière image que j'ai de ma fille, c'est son visage rayonnant qui se retourne pour se glisser derrière un buisson. L'instant d'après, elle n'était plus là.

Silence.

— Notre vie s'est arrêtée là, au pied du phare de Chassiron. Nous avons tout perdu en quelques minutes… Tout ce qui nous était le plus cher.

Silence.

— Ce qui est le plus dur en dehors de l'absence de notre fille, c'est que nous ne savons pas ce qu'il est advenu d'elle. Ni si elle vit. Ni si elle est morte. Nous ne savons rien d'elle depuis ce jour du 20 juillet 1993. Moi, qui n'étais pas croyante, je prie régulièrement pour qu'elle soit heureuse quelque part. Heureuse… ou morte. Et dans mes rêves les plus fous, qu'elle revienne. Alors, j'habite là, près du phare, parce que… je l'attends.

— Tu l'attends ? répète Eustache abasourdi.

— Oui, je l'attends là où je l'ai perdue. Je lui disais lorsque nous allions dans les endroits où il y avait foule : « si tu te perds, ne bouge pas et fais la statue. Je repasserai et je te retrouverai ». Alors, je retourne tous les jours, ou presque, là où nous l'avons perdue. Au pied de ce phare.

— Tu es restée là, depuis 23 ans ?

— Pas exactement. Les premiers mois après sa disparition, oui. Puis, il a fallu retourner à Besançon, là où nous vivions, pour reprendre notre travail. Nous étions instits tous les deux, Lucien et moi. Tout ça paraît dingue de reprendre le cours de sa vie après un drame pareil… Le quotidien te rappelle, tu dois gagner ta vie, tu n'as pas le choix… Alors, tu vis avec. Ou plutôt, tu vis sans. Je suis revenue ici, à toutes les vacances. Une fois en retraite, j'y suis restée. Peut-être qu'un jour elle reviendra… Ce phare, elle ne peut pas l'avoir oublié… si elle vit.

Silence.

— Et ton mari ?

— Au début, il a repris le travail comme moi. Au fil du temps, les choses étaient devenues compliquées entre nous. Nous avions perdu notre fille. Son absence était obsédante. Tout nous ramenait à elle. Un jour, il m'a dit qu'il ne pouvait plus rester ainsi. Il a tout plaqué, son travail, son quotidien et moi… Nous avons vendu la maison dans laquelle nous habitions. J'ai pris un petit appart. Lui a acheté un camping-car et il est parti à sa recherche. Depuis, il arpente les villes et les villages de France et de Navarre espérant tomber sur elle…

— Il vit de quoi ?

— Nous avions un peu d'économies. Je lui ai envoyé régulièrement de l'argent jusqu'à ce qu'il ait touché sa retraite. Ses parents aussi.

Silence.

— En fait, lui la recherche. Moi, je l'attends ici. Là, où nous l'avons perdue.

Le couple reste un long moment silencieux, chacun enfermé dans ses tourments intérieurs. Le bruit régulier du ressac remue leur réflexion.

— Mathilde, c'est le flic qui parle : acceptes-tu de me raconter, plus en détail, le moment de la disparition d'Alice ?

— Je l'ai fait cent fois Ray, lance Mathilde en soupirant. À l'époque, les flics nous ont interrogés à plusieurs reprises. Nous répétions tout ce que nous savions. Rien. Les flics n'ont strictement rien trouvé. Ils nous ont interrogés des heures… Nous avons même été soupçonnés d'avoir tué notre fille. Tu n'imagines même pas ce que c'est… Tout le monde y est passé, moi, Lucien, ma mère, mon père, ma belle-sœur, mon frère…

Eustache ne réplique pas tout de suite. Il se rappelle les situations qu'il a dû gérer qui mettaient en cause des proches de victimes. Dans le cadre d'une enquête, il est indispensable de s'assurer en premier lieu de leur parfaite innocence avant de faire preuve de compassion. Le doute doit être toujours présent. Jusqu'à la vérité.

— Tu sais Mathilde, dans notre métier de flic, nous rencontrons des choses abominables. L'Homme est capable des pires horreurs. Des pires atrocités. J'entends ce que tu me dis et j'imagine votre douleur, votre détresse dans un moment pareil. Les types ont fait leur boulot. Ils ne doivent rien laisser passer. Ils se basent principalement sur les faits et une pincée d'instinct. Ils sont, non pas au service de l'entourage, ils sont au service de l'enfant disparu. Ils doivent tout mettre en œuvre pour le retrouver. Dans un cas comme celui-là, leur objectif, c'est la victime et elle seule.

Pendant un long moment, chacun se mure dans ses pensées, le regard fixé sur l'océan. Les derniers rayons de soleil se terrent à l'horizon laissant luire, dans un dernier sursaut, l'écume blanche des vagues qui s'échouent dans un lent déroulement lancinant et régulier. Les cris stridents des mouettes résonnent au loin, Eustache pose sa main sur celle de Mathilde et lui sourit. Quelques moustiques viennent titiller ses oreilles.

— Ça te dit, une petite crêpe à la crêperie du Douhet, propose-t-il en se claquant la joue.

— Oui, c'est une bonne idée, acquiesce Mathilde en se levant. Voilà, un moment que je n'y suis pas allée. Tu connais ?

— Oui, j'y ai mangé avec Oscar une fois ou deux lorsque nous menions l'enquête sur le jeune Mathieu à La Brée.

— C'est toi qui as mené cette enquête ? Quelle sale histoire…

Eustache ne réplique pas.

— On prend ta voiture ?

— Allez, c'est parti, répond-il en s'asseyant au volant de la Mini. Tu ne fermes pas à clé ?

— Non, je ne ferme jamais. Si Alice vient… elle pourra rentrer.

Saint-Sauveur-sur-École,
12 juin 1993

Assise sur la plus haute marche de l'escalier qui mène à l'entrée de la nouvelle maison, Marie fait face au jardin. Le soleil vient caresser son visage qu'elle lui tend les yeux fermés. L'instant est bienfaisant. Rare. Elle laisse le souffle léger du vent soulever les quelques mèches échappées de sa queue de cheval. Les bavardages des gamines lui parviennent comme un murmure.

Un grincement interrompt sa rêverie et d'un geste rapide, elle se redresse. La Xantia noire franchit l'allée avant de se poster devant le garage en faisant crisser les graviers. Aussitôt, Marie se lève, contourne le véhicule pour refermer le portail et reprend sa place sur les marches.

Les deux filles observent Dominique sortir du véhicule puis ouvrir la portière arrière pour en extraire un carton qu'il brandit, tout sourire :

— Venez voir les filles ce que je vous ai apporté…

Un jappement s'échappe de la caisse qu'il pose dans l'herbe. Une boule de poils s'en échappe, sautillant le nez au vent. Après quelques déambulations maladroites, le chiot pose son arrière train sur le sol, la tête penchée sur le côté, en regardant les deux fillettes de ses grands yeux sombres et curieux. Amusées, elles rient.

— Comme il est mignon…

Elles tendent la main pour le toucher et sursautent en riant lorsque l'animal cherche à renifler leurs mains. Il finit par se coucher, comme épuisé par tant d'efforts, se laissant finalement caresser par les deux fillettes enchantées.

— Merci papa… Tu as vu, maman ? demande l'aînée en cherchant le regard de sa mère.

— J'ai vu chérie.

Marie observe la scène sans ciller. Les deux petites, ravies, accroupies devant l'animal, s'extasient.

— Il m'a léchée, glousse Aurélie.

— Comment on l'appelle ? demande Laurianne en prenant le chiot dans ses bras. Flocon ?

— Ou Frimousse ? propose la plus jeune.

— Ça ne peut pas commencer par un F. C'est un chien de race, un golden retriever. Les chiens de race doivent porter un nom dont la première lettre est celle choisie pour l'année de leur naissance, explique Dominique. C'est l'année du P.

Son nom doit commencer par un P. Et c'est un mâle.

— Un P… Pourquoi pas Popeye ?

— On va réfléchir. Et toi Marie, tu en dis quoi, tu voudrais l'appeler comment notre chien ? demande Dominique.

— Je n'ai pas d'avis, bredouille la jeune femme.

Le visage de Dominique s'embrume aussitôt. Ses sourcils froncent. Ses yeux foncent. Sa voix se durcit.

— Comme d'habitude, tu n'as pas d'avis. Tu n'as jamais d'avis sur rien. Même pour donner le nom à un chien…

— J'aurais aimé m'y préparer, réplique-t-elle. Je ne savais pas que tu rapporterais un chien aujourd'hui, sans que nous en parlions.

Le regard noir de son mari ne l'incite pas à poursuivre. Les fillettes se figent.

— Nous avions convenu que nous prendrions un chien quand nous aurions la maison, me semble-t-il ! Nous avons la maison, non ?

Silence.

— Nous avons la maison, oui ou non ?

— Oui, convient la mère de famille. Nous y sommes depuis à peine une semaine !

— Nous avons la maison, donc, nous avons le chien. Comme prévu. Pas vrai les filles ?

Les gamines marmonnent un « oui » peu audible, préférant se concentrer sur le chiot.

— C’est bien de toi ça. Toujours à tout gâcher. Tu devrais te réjouir de voir tes filles joyeuses. Hein, les filles, vous êtes contentes d’avoir un chien ?

— Ce n’est pas ce que je dis, se défend Marie, sans laisser les gamines répondre.

Laurianne, inquiète de la tournure que pourrait prendre cet événement, intervient :

— On pourrait l’appeler Pollux comme dans le dessin animé du Manège enchanté ?

— Je t’ai dit que l’on allait réfléchir. Putain, c’est dingue dans cette maison. Personne ne m’écoute. La mère, les filles… Allez, j’ai du boulot moi, j’ai assez perdu mon temps. Moi, qui pensais vous faire plaisir et que nous passerions un bon moment en famille… Cette fois encore, c’est raté !

Furibond, il grimpe les escaliers qui mènent à l’intérieur laissant Marie et ses filles interdites, ne sachant que faire. Tétanisées, aucune n’ose bouger. Une porte claque. Le chiot gambade, indifférent au vent qui a tourné.

Le soleil s’est éteint. L’orage menace.

Oléron, jeudi 21 juillet 2016

Sur l'estrade en bois, la musique du groupe de jazz manouche diffuse sa mélancolie, sur un air envoûtant et rythmé. La terrasse est bondée, comme souvent à cette période de l'année. Le patron leur désigne une petite table le long de l'étier. Pendant qu'ils s'installent, un couple passe à vélo, sur le sentier qui longe le canal, avant de s'arrêter pour observer le carrelet au filet levé puis de repartir en direction des marais. Le temps est doux.

— Excuse-moi, pour mon insistance tout à l'heure, déclare Eustache. Il faut mettre cela sur le compte de la déformation professionnelle. Il est extrêmement frustrant pour un flic de savoir que des situations comme celle-là ne sont pas résolues. Et encore davantage, lorsque notre entourage est concerné…

La serveuse passe prendre la commande, avant de s'éloigner.

— Je vais te raconter, Ray. Malgré le temps qui passe ou plutôt qui est passé, je veux toujours croire que je la retrouverai. Même si j'ai conscience que les chances sont rationnellement nulles. J'ai appris que dans le cadre d'une disparition, les 24 premières heures sont cruciales… Alors, 23 ans… Lorsque, je vois à la télé, les alertes enlèvements, j'ai l'impression que mon cœur va se déchirer. Je suis tellement soulagée lorsque l'enfant est retrouvé… Tellement soulagée et tellement frustrée, je me dis que si tout cela avait existé à l'époque… Peut-être qu'Alice serait encore avec moi…

Elle s'interrompt avant de reprendre :

— J'ai le temps contre moi… Mais j'ai un allié.

— Un allié ?

— Oui. Le phare, affirme-t-elle fermement. Je ne peux pas croire que si Alice est vivante, elle ne se souvienne pas de ce phare. Il est si caractéristique avec ces bandes noires et blanches. Elle l'a dessiné à maintes reprises. Elle ne peut pas l'avoir oublié. Si elle est vivante, le phare la ramènera.

Eustache réfléchit aux paroles de la femme. Accrochés à ce dernier espoir, ses grands yeux verts le regardent intensément comme espérant son acquiescement. Les phares ont toujours fasciné les hommes. Ces grandes tours élancées, souvent isolées, affrontent les plus fortes tempêtes et bravent les plus mauvais temps pour alerter les navigateurs des dangers et les ramener à bon port.

— Comme un marin perdu, commente-t-il alors.

— C'est ça. Comme un marin perdu dans l'immensité de l'océan… Tu dois me trouver bien ridicule, fait-elle en baissant la tête, presque gênée.

— Non, absolument pas. Éprouvée, meurtrie certainement. Ridicule, certainement pas !

Troublé devant tant d'attente illusoire, touché devant tant d'hypothétique espoir, Eustache lui sourit en caressant tendrement la joue. Mathilde lui retourne son sourire.

— Ça me fait du bien de te parler, Ray. Peut-être parce que tu m'écoutes comme un flic.

— Comme un flic sans doute mais pas uniquement, Mathilde. Ton histoire me touche vraiment, rétorque Eustache.

— Je le vois. Mais, du fait que tu sois aussi un professionnel, tu oses me parler. Les gens ont peur de raviver mes douleurs en m'en parlant. Ce qu'ils ignorent, c'est que cette douleur est ancrée en moi. Je vis avec. Elle fait partie de moi. Elle est implacable. Au début, elle t'étouffe, elle t'étrangle. Tu ne parviens plus à dormir ou si tu dors c'est artificiellement. Et peu à peu, le temps passe et tu te surprends à passer une première nuit complète sans médicament, sans te réveiller. Puis d'autres. Il t'arrive de rire, de passer des bons moments. Les premières fois, tu culpabilises. Pourtant, au fond de toi, plus rien n'est comme avant. Comme dans la chanson, *on rit pour des bêtises mais pas comme avant*. Ça me fait du bien de te parler, Ray. À toi et au flic. Je vais te raconter ce que je sais de la disparition d'Alice. J'ai envie d'y croire. Encore.

— Je t'écoute.

— Comme je te l'ai dit, nous jouions à cache-cache, tous les trois autour du phare. Quand est venu le tour d'Alice de se cacher, Lucien et moi, nous nous sommes tournés contre le mur et avons compté jusqu'à 20. Nous étions donc côte à côte, face au mur du phare. Lorsque, nous nous sommes retournés, nous l'avons cherchée derrière les buissons, autour de nous. Nous ne nous sommes pas inquiétés tout de suite. Nous pensions qu'elle avait trouvé une bonne cachette. Nous avons commencé par l'appeler presque en riant. Nous avons contourné le phare à plusieurs reprises. La panique nous a gagnés peu à peu. Nous avons interrogé la dame au guichet, les touristes, les commerçants, tous les gens que nous croisions. Il y avait un monde fou. Certains, nous ont spontanément aidés à la chercher, après que nous l'avions décrite. Elle portait une jupe bleue, un tee-shirt blanc avec une baleine bleue et des sandales dorées. Ses cheveux blonds étaient coiffés de deux couettes. Lucien a commencé à hurler son prénom. Les gens nous regardaient, partagés entre la crainte et la compassion. Finalement, une commerçante nous a demandé si elle devait appeler la police. Là, nous avons compris que le pire était possible.

Mathilde se tait un moment avant de reprendre :

— Dans un premier temps, deux voitures de gendarmerie sont arrivées avec quatre flics. Ils nous ont d'abord demandé l'heure de la disparition, son signalement et les circonstances. Ils ont vite compris que l'affaire était sérieuse, ils ont commencé à chercher partout. Tout le coin a été passé au crible : le phare, les alentours, les commerces, le parking. Ils ont observé la côte et le large aux jumelles. C'était marée basse. La thèse de la noyade a vite été écartée. Si Alice était tombée de la falaise, ils l'auraient retrouvée sur les cailloux en contrebas.

Mathilde se tait un instant. Son regard est lointain, elle semble revivre la scène.

— Puis, une voiture de police est arrivée avec un chien, reprend-elle. Les flics nous ont alors demandé un vêtement qu'avait porté Alice, pour le remettre au maître-chien. Nous sommes donc passés à la maison. Mes parents et mon frère ont appris à ce moment-là ce qui se passait. Je leur ai remis son pyjama. Les flics nous ont emmenés à la gendarmerie pour enregistrer nos témoignages. Mes parents et mon frère ont, eux aussi, été interrogés. Nous étions tous complètement désarçonnés. Lucien et moi voulions rester sur les lieux pour participer aux recherches. Les flics nous ont certifié que tout était mis en œuvre pour retrouver notre fille. L'attente était insupportable, nous ne savions rien de ce qui se passait, jusque tard dans la soirée. Là, nous avons compris que la thèse de l'enlèvement était la plus probable. Le chien a entraîné son maître sur le parking et s'est arrêté sur un emplacement de façon très nette. Lorsque les flics nous ont annoncé que, très certainement, notre fille avait été enlevée, Lucien a poussé un hurlement déchirant. Moi, j'étais anéantie, prostrée.

— Tu m'as dit qu'ils n'ont rien trouvé autour du phare.

— Non. Enfin, si…

Mathilde sort de son sac à main une petite besace en cuir, qu'elle ouvre.

— C'est un élastique de ses cheveux. Elle avait les cheveux très fins, les élastiques ne tenaient pas bien, elle les perdait tout le temps… Elle ne voulait pas qu'on lui coupe les cheveux, sourit Mathilde en le remettant dans l'étui. Les flics l'ont gardé longtemps avant de me le rendre. Quand le dossier a été repris par une nouvelle équipe d'enquêteurs dans les années 2000, ils ont fait des recherches d'ADN qui n'ont rien donné, explique-t-elle. Ils m'ont rendu l'élastique. Là, j'ai compris qu'ils n'y croyaient plus…

— Ils l'ont trouvé où ?

— Dans l'herbe, sur le bord du chemin d'accès au phare, pas très loin de l'endroit où nous jouions, répond Mathilde. Le lendemain, un appel à témoins a été lancé. Une photo d'Alice a été placardée un peu partout : autour du phare, dans les magasins et dans les journaux.

— Tu as gardé les journaux de l'époque ?

— Non, Lucien les a gardés avec lui.

Ils se taisent un moment jusqu'à ce que, comme pour se libérer d'un poids trop lourd peut-être, mais surtout pour rejeter sur un flic toutes ses frustrations, Mathilde lance avec virulence à l'adresse d'Eustache :

— Très vite, les flics nous ont écartés de l'enquête. Nous étions des spectateurs impuissants devant le drame de notre vie. Ils se montraient, chaque fois, très évasifs dans leur réponse. Nous ne savions rien, alors que pour nous, chaque petit élément était une source d'espoir. Ne rien savoir était extrêmement frustrant. Nous étions les premiers concernés.

Eustache ne réplique pas. Mathilde continue, à peine radoucie.

— Tout ça pour ne rien trouver… Notre fille s'était volatilisée sans laisser aucune trace. Une fois la thèse de l'accident écartée, alors que nous venions de comprendre qu'elle avait été enlevée, nous sommes devenus des coupables potentiels. Nous ne l'avions pas compris au début… pourtant, il s'agissait de véritables interrogatoires. Un truc insupportable… Ce que nous subissions était déjà à la limite du supportable. C'est un choc indescriptible d'apprendre que son enfant a été enlevé. Et, ce n'est que le début d'une longue agonie. Quand le premier choc est passé, tout le reste de la douleur arrive avec toutes les questions. Une douleur inaltérable, qui ne te lâche jamais. Qui te met face à des interrogations qui restent sans réponse : Qui l'a enlevée ? Où est-elle ? Souffre-t-elle ? Et je t'épargne le chapitre de la culpabilité qui te ronge au plus profond de toi…

La serveuse apporte les deux galettes et les deux bolées de cidre commandées. Le soleil se couche. Une lumière tamisée bleutée et violette vient illuminer la façade blanche aux volets bleus de la crêperie. Les branches protectrices des deux pins parasols abritent la terrasse renforçant l'atmosphère apaisante et douce du lieu. Les musiciens interrompent leur mélodie langoureuse, le temps d'un verre qu'ils prennent en compagnie du patron. Sur une table voisine, deux enfants s'impatientent obligeant les parents, agacés, à accélérer leur repas pour rentrer, au plus vite, les mettre au lit.

Une fois le dessert et le café avalés, Eustache et Mathilde flânent sur le port du Douhet, de l'autre côté de la route. Le vent fait claquer les élingues des bateaux qui se dandinent mollement, protégés dans leur enclave. Les touristes se promènent indolemment savourant la tiédeur douce du soir avant de s'éloigner pour rejoindre leur location. Eustache jette un œil à la maison jaune*, dressée un peu plus loin, l'océan étendu à ses pieds. Le souvenir d'Aurore et du capitaine lui revient. Il sourit, amer.

En ouvrant la porte de la Mini, Eustache annonce à Mathilde qu'il rentrera le lendemain matin à La Rochelle. Sur le trajet qui les ramène à « La cabane d'Antioche », il lui parle de son père qui a préféré rester à La Rochelle lorsque lui a été muté à Besançon. Son départ a perturbé le vieil homme qui craignait de retourner dans sa maison, isolée, à Saint-Étienne-de-Brioullet. Il en profite, donc, pour entretenir la maison, qui ainsi, reste occupée. Lors de la naissance de Jeanne, il a tenu à faire la connaissance de sa petite-fille et est venu, à Besançon, par le train. Tout cela est devenu compliqué pour lui, avec le changement de gare à Paris. Sans compter que la situation de son fils est plutôt rocambolesque. Ce n'est pas toujours facile à comprendre pour un homme de son âge ! Déjà que pour lui-même ce n'est pas simple !

Mathilde écoute, attendrie, le récit de cette relation entre ce fils et son père.

— Mes parents, à moi, sont décédés tous les deux à quelques mois d'intervalle, cinq ans après

---

* *Meurtre sur Oléron - Les mouettes ne se marrent plus.*

la disparition d'Alice. Ils ont été anéantis par sa disparition. Toute la famille a été frappée de plein fouet. Cela a bouleversé les rapports entre nous tous. Plus rien n'a été pareil. Il y a eu la vie « Avec Alice » et la vie « Sans Alice ». Mes parents ne sont plus jamais revenus dans la maison. C'était la maison des vacances joyeuses. Pour eux, elle est devenue la maison du drame. Pourtant, Lucien et moi avons souhaité racheter les parts de mon frère. Pour nous, il était important de pouvoir y revenir. Sans doute que cette acquisition nous rapprochait d'elle… Peut-être… Je ne sais pas trop.

En traversant La Brée, Eustache choisit de faire un détour par la petite place Gaston Robert. Il constate que beaucoup de choses ont changé depuis l'enquête sur le meurtre du jeune Mathieu. La petite épicerie n'est plus. Une supérette, remise au goût du jour, a fait place neuve. Les volets à l'étage sont clos. Régis et Yvette* ont sans doute quitté le village. En face, une boulangerie et une boucherie ont remplacé les deux maisons charentaises abandonnées. Seul le bar, qui rappelle les atmosphères confinées et pesantes à la Simenon, semble inchangé. Des clients y sont attablés, bavardant dans la douceur du soir, sous les parasols restés ouverts. Un peu plus loin, place Pasteur, la maison de la presse a été remplacée par une

* *Meurtre sur Oléron - Les mouettes ne se marrent plus.*

boulangerie. Dommage ! Eustache se souvient de la vendeuse, une petite femme mince et énergique qui, passionnée, proposait de nouvelles lectures à ses clients.

En franchissant, le petit chemin qui mène à la « cabane d'Antioche », Eustache médite sur ces drames qui frappent sans ménagement au hasard de la vie, marquant à jamais de leurs sceaux des hommes et des femmes. Il se rappelle Régis et Yvette anéantis par le meurtre de leur fils, de l'énigmatique Ariane soudée à sa fratrie orpheline, de Bertrand victime coupable*, toutes ces personnes brisées, qu'il a croisées dans sa carrière de flic. Et maintenant : Mathilde. Le temps passe et cautérise les plaies vives en atténuant la douleur violente. Il passe, panse les plaies, mais laisse toujours des cicatrices indélébiles. Les âmes demeurent meurtries.

Son métier de flic le confronte régulièrement aux victimes d'une part et à leurs entourages étranglés dans leurs douleurs. Aux coupables aussi : ceux-là responsables des blessures qu'ils infligent à d'autres pour leur vie durant. Comment comprendre que ces souffrances sont commises par des êtres humains, qui savent, eux aussi, la peur, le malheur, la douleur ? L'empathie n'existe pas pour eux. Tout cela paraît inexplicable.

---

* *Meurtre en Franche-Comté - Sale temps pour le Minotaure.*

Ses pensées amères transportent son esprit sur un plateau de télé. Eustache se rappelle la remarque d'un humoriste qui faisait le parallèle entre les souffrances vécues par les prisonniers des camps de concentration et celles ressenties lors des ruptures amoureuses. Il évoquait l'horreur des camps avec des bourreaux qui inlassablement répandaient leur terreur, insensibles à l'effroi des autres, à la supplication, à la souffrance extrême. Malgré tout cela, certaines victimes sont parvenues à surmonter l'insurmontable et sont revenues détruites mais vivantes, déterminées à se reconstruire. La rupture sentimentale, bien loin de ces souffrances ultimes, amène parfois l'amoureux éconduit à choisir de ne plus vivre. La résistance à la douleur n'est pas la même pour tous. Comment expliquer cela ?

Oléron, vendredi 22 juillet 2016

Mathilde dort encore lorsque Eustache grimpe dans sa Mini en prenant soin de ne pas claquer la portière. Méduse, assis devant le perron de la maison, l'observe d'un œil las. Eustache ressort pour lui caresser affectueusement l'échine poilue :

— Salut mon vieux. Prends soin d'elle. Je reviendrai !

Les branches des tamaris balaient le pare-brise au rythme des soubresauts de la voiture. La maison de Mathilde s'efface déjà dans le rétroviseur. Parvenu au bout du chemin, Eustache bifurque à droite. Devant lui, le phare paré de sa tenue de bagnard, noire et blanche, étend sa silhouette vers le ciel aux nuages floconneux. Il fait beau.

Après avoir stationné son véhicule sur le parking à l'entrée du site, Eustache s'avance tranquillement en observant les lieux. Les touristes ne sont pas encore très nombreux. Les commerces ouvrent tranquillement leurs portes. Les présentoirs de cartes postales et de babioles à l'effigie du monument, les machines à glaces, les tables et chaises prennent leur place pour la journée estivale. Même si les infrastructures semblent avoir été limitées, Eustache se dit que ce site gagnerait encore en splendeur s'il n'y avait pas toutes ses installations hétéroclites, quelque peu décalées dans un endroit aussi sublime. Ici, la vie naturelle et sauvage ne demande qu'à s'exprimer. Sans doute, faut-il trouver un compromis : profiter de l'aubaine touristique que le spectacle de la nature apporte tout en préservant l'esprit des lieux.

La mer fait rugir « *ses chevaux à la crinière blanche* ». Le vent maritime souffle son air revigorant. Eustache respire pleinement pour absorber ce souffle vivifiant.

Devant les grilles ouvertes du parc du phare, un panneau indique : « *224 marches – 5mn – 3 euros* ». Il lève la tête pour apprécier la hauteur du bâtiment en portant sa main en visière pour se protéger des rayons du soleil puis s'engage tranquillement dans l'allée qui conduit à l'entrée de l'édifice. Tout le long, des panneaux retracent l'histoire du site. Eustache apprend qu'une première tour y a été construite en 1685 pour orienter les marins et baliser l'entrée du pertuis. À l'époque, les naufrages de vaisseaux royaux sur la pointe de Chassiron étaient fréquents. N'étant plus suffisamment efficace pour faire face au trafic maritime et construite trop près de la falaise frappée par l'érosion, un nouveau phare a dû être construit. À son sommet, avant d'être doté d'une lampe, un feu était allumé. Eustache ne peut s'empêcher d'imaginer le surveillant gravir plus de 200 marches, chargé de sacs de bois... Aujourd'hui, l'ampoule de la lanterne permet à ses huit faisceaux lumineux d'être visibles sur 52 kilomètres. Son mécanisme est télécommandé et surveillé depuis La Rochelle.

Eustache attend patiemment derrière la file d'attente avant de franchir enfin le seuil. Une dame lui vend son ticket d'entrée derrière un vieux comptoir en bois. Au-dessus de la porte d'accès à l'escalier, une inscription indique « 1er XII ⚓ 1836 » et déjà, sur la gauche, les premières marches invitent à l'ascension du colimaçon en granit. Les marches sont suffisamment larges et profondes pour permettre de se croiser. La montée est ponctuée par des lucarnes qui rythment la progression. Eustache en profite pour faire une halte et observer le paysage. Suivi par une famille qui presse le pas derrière lui, il ne s'attarde pas. Un couple descend sur sa gauche. Arrivé à mi-parcours, Eustache ressent quelques tensions au niveau des mollets et sent son souffle s'accélérer. Il parvient finalement à un premier palier. Une échelle métallique abrupte invite à la prudence. Cramponné à une rambarde en fer, il gravit les marches étroites pour parvenir à la chambre du surveillant du phare. Une mise en scène est dressée dans un espace aménagé d'un lit en bois, encadré de deux meubles et d'une petite table basse surmontée de documents à connotation maritime. L'illustration d'une vie rudimentaire. Un panneau explique qu'avant l'électrification du phare en 1930, le gardien y passait ses nuits pour veiller au bon fonctionnement de la lanterne et s'assurer de l'alimentation en gaz. Dans cet espace réduit, un dernier escalier, d'une quinzaine de marches étroites en métal, très raide lui-aussi, grimpe à l'étage supérieur. Précautionneusement, un homme, suivi d'un enfant et d'une femme, en descendent. Ici, impossible de se croiser. Les visiteurs attendent qu'ils soient parvenus sur le palier inférieur pour entreprendre la montée. Eustache laisse passer devant lui deux personnes avant de s'y aventurer à son tour, les yeux rivés sur ses pieds, la main enserrant la balustrade. Encore une marche avant de franchir l'ouverture cernée de noir pour accéder enfin à la plateforme. Et là, sous ses pas, lumineuse, l'île s'étend à perte de vue. L'horizon s'est élargi. Chaque élément du monde d'en bas devient minuscule.

Le vent est fort. Eustache ne s'aventure pas au bord du parapet, il préfère laisser une marge entre lui et le vide. Il contourne la lanterne. Là, c'est encore mieux. L'océan se déploie à l'infini. L'écume de ses vagues scintille sous les rayons du soleil comme des poissons brillants sautillants. Des nuances des bleus de l'eau se mêlent à celles du ciel. Quelques bateaux, toutes voilures dehors, se laissent glisser, poussés par les vents. Devant lui, une petite fille, le visage appuyé entre deux barreaux et les mains agrippées à la balustrade en fer, contemple le spectacle. Eustache évite de la regarder si près du vide. Il sort son portable pour prendre quelques photos presque rassuré d'être derrière l'objectif.

Face à lui, la balise du rocher d'Antioche est prise d'assaut par les vagues énormes qui déferlent sur elle, inlassablement. Il aperçoit, entre ces déferlantes, la vieille épave d'un navire, toujours visible. Eustache se rappelle le récit d'Oscar concernant ce rocher qui fascine, depuis toujours, les habitants du nord de l'île. Cette résurgence des falaises de Chassiron, extrêmement dangereuse car autrefois invisible par les bateaux, fut le théâtre de nombreux drames maritimes. L'endroit, pourtant très fréquenté par les navires de commerce, était très mal signalé et la lumière de la tour de Chassiron insuffisante pour éclairer la zone. À l'aube de la Première Guerre mondiale, la construction d'une nouvelle tour est évoquée. Il faudra attendre 1925 pour qu'un édifice de 20 mètres de haut soit mis en service. Avant cela, une centaine de naufrages importants y ont été répertoriés. Le plus marquant d'entre eux fut le drame, en décembre 1924, du vaisseau le Port Caledonia qui s'échoua sur Antioche emportant avec lui l'ensemble de son équipage. Vingt-trois corps y ont été repêchés. Ils reposent, aujourd'hui, dans le cimetière de Saint-Denis-d'Oléron. Deux autres n'ont jamais été retrouvés.

Eustache lève les yeux pour admirer la lanterne juste au-dessus, avant d'entamer la descente, devancé par la fillette accompagnée de ses parents. Il pense à Mathilde, à Lucien, à Alice. Vingt-trois ans plus tôt, ils étaient là, réunis et insouciants. Ils amorçaient, pourtant ici, leur descente aux enfers.

Alors qu'il franchit les dernières marches, il observe la famille s'éloigner tranquillement ; la petite donnant la main à sa mère, pour rejoindre le marchand de glaces. Autour de lui, des jardins, aux formes géométriques qui dessinent une rose des vents indiquant les quatre points cardinaux, remplacent les arbustes éparpillés évoqués par Mathilde. Une vigne exhibe ses grappes qui se gorgent de soleil devant une multitude de dahlias aux couleurs orangées éclatantes.

Eustache lève la tête, le phare, imposant et fier, se dresse vers la lumière. Au sol, son ombre étend sa masse sombre.

Oléron, vendredi 22 juillet 2016

En rejoignant son véhicule, Eustache appelle Oscar :

— Bonjour Commissaire. Vous êtes toujours sur mon île ?

— Oui. J'ai besoin de vous voir… Seriez-vous disponible pour déjeuner ?

— Ne me dites pas que vous avez, à nouveau, besoin de la Gendarmerie ?

— Bien sûr que non. Pas du gendarme, mais de vous, Oscar !

Il s'interrompt un instant avant de reprendre sur un ton plus grave.

— Il s'agit de Mathilde…

— Ah… Elle vous a parlé de son histoire… Oui, c'est possible, confirme Oscar. Nous pourrions nous retrouver au Brénais. Vous vous souvenez ? Je crois me rappeler que vous n'oubliez jamais rien concernant la bouffe…

— Vous avez raison. Jamais ! Et, je crois me souvenir que vous trouviez, vous aussi, quelques avantages « énooormes » à ce restaurant, ou plus exactement à son personnel.

En raccrochant, Eustache sourit devant l'allusion faite à la serveuse Virginie et à son décolleté accrocheur. C'est dans cet hôtel restaurant qu'il avait établi son QG pour mener l'enquête sur le meurtre du jeune Mathieu.

Dans sa Mini qui le mène à La Brée, Eustache circule le bras posé sur la fenêtre ouverte savourant l'air marin qui s'invite dans l'habitacle. Ses cheveux mi-longs s'éparpillent, indisciplinés autour de son visage. À la radio, Freddy Mercury chante *Bohemian Rapsody* accompagné par Eustache dans un anglais approximatif.

— Is this the real life? Is this just fantasy? Caught in a landslide. No escape from reality. Open your eyes…

Sur sa gauche, le moulin de La Brée-les-Bains, au toit qui tourne à 360° pour s'orienter en fonction du vent, tend ses ailes désormais immobiles. Il est question de le remettre en service dans les prochaines années, a-t-il appris. En passant devant le domaine Clémenceau*, Eustache ralentit. Alors qu'il se demande si le vieux Clem est toujours en

---

* *Meurtre sur Oléron - Les mouettes ne se marrent plus.*

activité, il aperçoit la silhouette de Guy Pellerin, le maître de chai affairé à transporter un carton de vin dans l'estafette à l'enseigne du domaine viticole. Eustache se rappelle cet homme jovial, à la bonhommie avenante, au caractère sincère, loyal et franc. De ceux qui laissent des souvenirs agréables. Eustache, un peu en avance, décide de passer devant le terrain du pont des Angles. La caravane d'Aimée et de Raoul est installée, entourée de toiles de tentes. Des jeunes enfants gambadent joyeusement autour des meules de foin. Eustache sourit au souvenir du vieux couple qu'il a rencontré lors de l'enquête du jeune Mathieu et rejoint la place Pasteur.

Une fois installés devant un bar grillé et un petit verre de blanc d'Oléron, Oscar entame la discussion sur la disparition d'Alice.

— Je n'étais pas en fonction à cette époque, annonce le gendarme. Cela remonte à 23 ans.... La plupart des habitants d'ici connaissent cette sale histoire. Chacun a ramené son grain de sel. C'est petit, ici. Les gens se connaissent tous. Autant vous dire que chacun y allait de sa version. Je vous laisse imaginer !

— Et votre version à vous Oscar, quelle est-elle ?

— Quand Babette m'en a parlé, je me suis renseigné auprès d'un brigadier qui était là au moment des faits. Il est parti en retraite depuis.

C'est le commandant Migon qui a mené l'enquête à l'époque. Le dossier était quasiment vide. La seule piste solide est celle du chien qui les a conduits sur la place de parking. L'enquête s'est arrêtée, sur cette place. Rien d'autre n'a permis de faire avancer l'enquête. La nature de l'infraction est passée de « disparition inquiétante de mineur » à « enlèvement de mineur ». C'en est resté là !

— Y a-t-il eu un contrôle de flux au niveau du pont ?

— Oui, le procureur a donné son accord pour que les véhicules sortants soient contrôlés. Ça n'a rien donné ! J'imagine la pagaille que ça a dû être en plein mois de juillet…

— C'est Mathilde qui en a parlé à Babette ?

— Oui, elles sont assez proches l'une et l'autre. Ce qui l'a énormément choquée, en dehors de la disparition de sa fille, évidemment, c'est d'avoir été interrogés comme s'ils étaient coupables, son mari et elle. A priori, les gendarmes se seraient acharnés principalement sur son mari.

— Il a été suspecté ?

— Oui.

— Sur quelles bases ?

— Il y avait une incohérence entre la version de Mathilde et la sienne. Dans sa première version à elle, elle jouait à cache-cache avec Alice pendant que lui était allé pisser. Alors que lui, ne l'a pas mentionné. Il a toujours nié s'être éloigné.

— Et Mathilde, comment a-t-elle réagi face aux soupçons à l'encontre de son mari ?

— Elle l'a toujours soutenu. Elle est convaincue qu'il n'y est pour rien. Elle a même changé sa version pour se conformer à celle de Lucien. Pour autant, c'est allé assez loin. Il semble que le juge qui instruisait le dossier à l'époque se soit véritablement acharné sur lui. Il a lancé une commission rogatoire aux flics de Besançon où la famille habitait à l'époque et le parquet de La Rochelle a envoyé le dossier là-bas. Les flics ont interrogé leurs voisins, leurs collègues et même des parents des gamins de leur école. Ils étaient instits, tous les deux. Rien n'a été trouvé. Aucun élément. Rien. Mais eux ont fini par craquer. Non seulement, ils avaient perdu leur fille, mais en plus ils devaient affronter le regard des autres… et les réflexions du style «*y a pas de fumée sans feu*». Sans compter que leur couple en a pris un coup. Forcément ! Vous imaginez l'ambiance. Ils ont quitté Besançon. Lui est parti à la recherche d'Alice en camping-car et Mathilde a repris la «cabane d'Antioche», sans doute pour s'éloigner de Besançon et se rapprocher, d'une certaine façon, de sa fille…

— Vous le connaissez son mari ? questionne Eustache.

— Non. Je ne l'ai jamais rencontré. Je sais par Babette qu'il va de temps à autre, chez ses parents, à La Rochelle. Mathilde et lui sont toujours restés en contact.

— Quelles autres pistes ont été explorées ?

— Y avait un vieux qui vivait dans une caravane entre le phare et la maison des parents de Mathilde. Un marginal, solitaire. Il picolait pas mal. Il n'avait pas d'alibi sérieux. La perquisition n'a donné aucun résultat. La piste la plus sérieuse est, sans nul doute, celle de l'enlèvement sur le parking. Le chien est allé d'une traite sur une place très précise.

— Ils ont interrogé les propriétaires des véhicules stationnés à côté, j'imagine.

— Oui. Ça n'a rien donné. Mathilde a eu accès au dossier par le biais de son avocat. Elle l'a épluché dans les moindres détails. Je crois qu'elle n'a rien laissé passer.

— Sale histoire…

— Oui. Sale histoire. Sans compter qu'elle a dû faire face à des profiteurs. Elle a confié à Babette avoir rencontré un médium, un an après la disparition d'Alice. Le charlatan lui a fait miroiter une fin heureuse et imminente en lui affirmant que la gamine avait embarqué sur le bateau d'un couple en mal d'enfant pour l'emmener sur une île des Caraïbes. Pour la retrouver, il fallait faire vite. Connaissant parfaitement l'archipel, lui seul saurait la ramener, en ajoutant bien évidemment que cela nécessitait des frais importants. Très convaincant, il lui a demandé une somme colossale. Je crois qu'elle lui a filé une bonne partie du fric, ses économies certainement, et qu'il s'est barré avec.

Alors qu'Oscar s'apprête à poursuivre, Virginie, la serveuse, s'approche des deux hommes.

— Quelle bonne surprise… Mes enquêteurs préférés sont de retour… Qu'est-ce qui vous ramène ici, Commissaire ?

Sans attendre de réponse, sourire aux lèvres, décolleté flatteur, elle questionne aussitôt avec gourmandise.

— Ne me dites pas que vous êtes sur une nouvelle enquête à La Brée…

— Eh non, réplique aussitôt Eustache. Pas cette fois Virginie, je suis en vacances !

Oscar sourit béatement, le nez dans le décolleté de la serveuse.

— Nous n'avons plus de chambre à cette période, Commissaire, fait-elle en minaudant. Vous auriez dû me prévenir.

— Nous ne restons pas, nous sommes de passage à La Brée.

— Quel dommage ! Vous savez, Commissaire, le village n'a rien perdu de son intérêt, je vous invite à y réfléchir ! réplique-t-elle en s'éloignant, hélée par une table voisine.

La Rochelle,
vendredi 22 juillet 2016

Alors qu'il pousse le portillon de la maison de la Sauvagère, Eustache hume avec satisfaction. D'alléchantes odeurs de sardines grillées se font sentir depuis l'arrière de la maison, comme pour l'attirer.

— Ah ben, j'ai bien cru qu'elles allaient brûler. Tu me dis que tu arrives à 19h et il est presque la demie. T'avances pas avec ton pot de yaourt *english* ou quoi ?

— Bonjour, Papa, répond le commissaire en embrassant affectueusement le vieil homme, toujours affublé de son tablier vichy.

— D'ailleurs, on en a parlé de ta Mini avec Virgile. Il est comme moi, il ne comprend pas pourquoi tu as mis un drapeau anglais sur le toit…

— Pour faire beau…

— Pour faire beau ! Ben, tu trouves que c'est beau toi un drapeau anglais ?

— Ouais ! Bon, on passe à table. C'est comme ça. Si elle ne te plait pas ma voiture, tu n'es pas obligé de monter dedans pour aller faire le barbeau devant Virgile.

— Enfin, moi ce que j'en dis…

— Oui, ben ne dis rien ! Des sardines, hum, j'adore ça, fait Eustache en se servant copieusement.

— Sers-toi bien ! Je suis allé les chercher au marché. Y a un superbe banc de poissons. C'est un peu cher mais comme je suis un client régulier, parfois, le poissonnier ajoute une poignée de crevettes ou quelques céteaux. J'y vais exprès en fin de marché. Les céteaux : c'est fragile, il ne peut pas les garder trop longtemps… Dis donc, t'es resté bien longtemps chez Oscar. Ils ne travaillent plus les gendarmes ou quoi ?

— Heu non ! Heu si ! J'en ai profité pour me balader sur l'île. Je suis allé visiter le phare de Chassiron.

— Ah, c'est bien ça ! Ce coin est resté très sauvage. On y est allé plusieurs fois avec ta mère quand tu étais petit. Tiens, il en reste deux, tu vas bien les finir. *Y en a tant qu'assez* ! dit-il en servant les sardines dans l'assiette de son fils.

— Merci… Nous étions montés au sommet ?

— Non. Je ne sais pas trop pourquoi d'ailleurs… Je me souviens que nous mangions des glaces à l'italienne au pied du phare. Ta mère adorait ça ! Ça n'a pas été trop dur, la montée ? interroge le vieil homme, un petit sourire moqueur aux lèvres.

— Non, non, pas du tout! Ça se monte très bien et ça vaut le coup. Le panorama est splendide.

Pendant que son père retourne à l'intérieur chercher la salade de fraises, Eustache empoigne le journal posé sur la table. Il survole les pages jusqu'à la chronique hebdomadaire des phares. Cette semaine, le « phare des Baleines » de l'île de Ré est à l'honneur. L'article relate son histoire et rappelle que son nom est dû au nombre relativement élevé de baleines qui, jadis, venaient s'échouer à cet endroit de l'île. L'édifice, inauguré en 1854, remplace la vieille tour des Baleines construite par Vauban. En s'attardant sur la représentation graphique du phare élancé et chapeauté de sa lanterne rouge, Eustache se rappelle la phrase de Mathilde « *Si elle est vivante, le phare la ramènera* ». Il sourit tristement devant l'espoir ou plutôt le désespoir de cette mère qui s'accroche à des chimères. Eustache sait que les chances sont extrêmement minces de trouver ce qu'il est advenu d'Alice. La gamine a disparu depuis 23 ans. La probabilité de la retrouver est nulle ou quasi nulle.

— Il faut que je passe au commissariat, annonce-t-il à son père qui revient chargé d'un saladier. J'irai demain matin.

— Ah! tu vas revoir tes anciens collègues. Ça va te faire drôle! Peut-être qu'ils vont te dire qu'il y a un poste et que tu peux revenir…

Songeur, Eustache ne réplique pas.

Le repas se termine ainsi dans la quiétude de l'ambiance familiale. Le soleil se couche tranquillement laissant place à la douceur du soir, bercée par une légère brise marine rafraîchissante.

Saint-Sauveur-sur-École,
15 juin 1993

— Arrête Aurélie ! Rends-moi mon poney…

Dans la cuisine, Marie soupire. Depuis qu'elles sont rentrées de l'école, les deux petites ne cessent de se chamailler. Elles terminent l'année scolaire à Dammamarie-les-Lys mais l'arrivée dans la nouvelle maison a modifié leur relation. Laurianne, ravie d'avoir sa chambre, refuse que sa sœur investisse son espace. C'est plus compliqué pour la plus jeune qui recherche la compagnie de son aînée, ne souhaitant pas rester seule dans la sienne.

— Maman ! Maman ! Aurélie a tout gribouillé mon cahier du jour…

Après un nouveau soupir, Marie essuie ses mains sur son tablier et monte à l'étage. Laurianne en larmes, tient dans ses mains un carnet maculé de feutre rouge qu'elle tend à sa mère.

— Aurélie ! appelle Marie. Viens ici s'il te plaît.

— C'est pas moi ! Entend-elle une voix confuse répondre depuis la pièce voisine.

— Je te demande de venir. Dépêche-toi !

La plus jeune se poste devant l'entrée de la pièce sans oser s'avancer dans la chambre. Tête baissée, l'air penaud, ses yeux fixent le cahier exhibé par sa mère.

— Tu peux nous expliquer pourquoi tu as écrit sur le cahier de ta sœur ?

— Ce n'est pas moi ! nie-t-elle effrontément.

— Si c'est toi ! hurle Laurianne qui s'approche furibonde de sa sœur, le bras levé. Qui veux-tu que ce soit ?

Marie retient le bras vengeur avant qu'il n'atteigne le visage de la plus jeune.

— Ça suffit ! On ne se tape pas, gronde-t-elle.

Laurianne hurle de plus belle.

— C'est pas bientôt fini ce bordel, entendent-elles hurler dans le bureau attenant. Je ne peux pas travailler avec un boucan pareil !

— Chut les filles ! Votre père travaille. Nous allons nous expliquer tranquillement, il doit y avoir une explication, reprend-elle dans un chuchotement. Aurélie, pourquoi as-tu écrit sur le cahier de ta sœur ? Tu comprends que tu as fait une grosse bêtise ?

La petite ne répond pas. Confuse, les bras ballants, sa bouche se tord dans une grimace désespérée.

— Ma feuille est toute gribouillée. La maîtresse va me disputer… Je vais avoir une punition, pleurniche Laurianne.

— Ce n'est pas moi, maintient la plus jeune, véritablement désarçonnée.

— Si ! C'est toi, hurle l'aînée, en s'approchant de nouveau menaçante.

Une porte s'ouvre et se referme aussitôt, claquant brutalement. Surgit, alors, Dominique furibond.

— Qu'est-ce que c'est que ce bordel ! Ce n'est pas possible de travailler tranquille dans cette maison… Que se passe-t-il ? hurle-t-il à l'adresse de sa femme. Tu n'es pas fichue de gérer un problème de gosses sans que je sois obligé d'intervenir. Et toi, c'est quoi, ce cahier ?

— C'est Aurélie. Elle a écrit sur mon cahier… murmure la plus grande en baissant la tête apeurée.

— C'est toi qui as fait ça ? rugit-il en empoignant le bras de la petite terrorisée.

De grosses larmes coulent sur la joue d'Aurélie effrayée qui implore, d'un regard suppliant, sa sœur et sa mère. Laurianne, tout aussi terrorisée, reste pétrifiée. Marie tente d'intervenir :

— S'il te plait, Dominique, elle n'a pas su…

— Toi, ta gueule ! C'est toi qui as écrit sur le cahier de ta sœur ? répète-t-il en hurlant et s'adressant à sa fille.

Dans un souffle, tête baissée la petite répond un « oui » inaudible.

Un bras se lève aussitôt pour se projeter avec une violence inouïe sur le visage de la fillette. Sous le choc, le corps de l'enfant est projeté en arrière. Dans un bruit sourd, sa tête vient heurter le coin du coffre à jouets.

Le silence tombe.

La Rochelle,
le matin du samedi 23 juillet 2016

Un sentiment de nostalgie l'assaille lorsqu'il redescend les marches du commissariat de la place de Verdun. La plupart de ses anciens collègues ont été ravis de le saluer, mais très vite, ont dû vaquer à leurs occupations. Leurs préoccupations ne sont plus les siennes. Il n'est plus chez lui ici, il est devenu un visiteur. Presque un touriste ! Même Martial Girardot, le gardien de la paix, ne lui a quasiment pas adressé la parole et s'est contenté d'un « Oh ben, ça alors ! ».

— Bon, tu ne vas pas t'apitoyer sur ton sort, mon vieux ! C'est toi qui as choisi de te barrer d'ici…

Concernant la disparition d'Alice, Eustache n'a rien glané de sérieux au commissariat de police. Seul, Rémi Lesieur se souvient de ce dossier. Il avait une gamine de son âge, au moment des faits et l'histoire l'avait particulièrement touché. C'est la gendarmerie qui menait l'enquête à l'époque. Rien n'avait filtré. Il se rappelle que la presse s'était acharnée, plusieurs jours sur Lucien, le père de la fillette. Très vite, le peu d'éléments concrets avait fini par lasser les journalistes et les articles sur l'affaire avaient fait place à une autre actualité locale, sans doute, plus croustillante. Il lui a appris cependant que le procureur avait ouvert l'instruction au juge Charmagne, aujourd'hui décédé. Depuis c'est le juge Corver qui est chargé de l'affaire.

— Corver, ça tombe bien… marmonne Eustache qui pense avoir trouvé le moyen d'examiner le dossier : le souvenir du magistrat s'invite dans son esprit. Lui sera en mesure de lui permettre d'y accéder.

Il se rappelle cet homme, toujours élégant, au port altier avec, cependant, une certaine bonhommie qui le rend accessible et avenant. Les deux hommes se connaissent de longue date, s'apprécient et sont toujours restés plus ou moins en contact. Eustache sort son portable. Alors qu'il s'apprête à chercher dans son répertoire le numéro de téléphone du juge, la photo de Jeanne, sa fille, s'affiche à l'écran. Il sourit de satisfaction.

— Et tu as bien fait ! Voilà la bonne raison qui t'a fait t'éloigner de l'océan…

Après deux sonneries, quelques paroles de courtoisie et une petite explication, il ne lui a pas fallu bien longtemps pour que Corver lui donne l'autorisation de consulter le dossier de la disparation d'Alice. Le magistrat lui explique que les enquêteurs ont ressorti l'affaire, à plusieurs reprises, sans qu'aucun élément nouveau ne les mette sur une piste quelconque. Des expertises ADN ont même été menées plusieurs fois avec des pédophiles connus. Sans aucun résultat.

— Tu verras, il n'y a rien dans ce dossier. On perd la trace de la gosse sur le parking du phare. Après, plus rien.

— Tu as l'air de bien connaître cette enquête ?

— Tu m'étonnes... Je venais d'intégrer le parquet de La Rochelle quand l'affaire s'est produite. Cette gamine s'est littéralement volatilisée. Une sale histoire. Tu n'étais pas là, à l'époque ?

— Non, j'étais en stage à Cannes-Écluse ; je m'en rappelle assez vaguement.

Corver indique qu'il va prévenir le commandant de gendarmerie afin qu'Eustache puisse consulter le dossier d'Alice, sans entrave. Il lui explique que leurs dossiers anciens sont en cours de numérisation et qu'il pourra en obtenir une copie. Il ajoute :

— C'est une histoire ancienne, mais si tu découvres de nouveaux éléments, tu m'avertis. Tu ne gardes pas ça pour toi ou pour le compte de la police... Je peux compter sur toi ?

— Sans problème. L'idée n'est pas de récupérer l'enquête mais de remettre le nez dedans avec un œil neuf. Si je trouve la moindre piste, tu seras le premier informé.

Avant de raccrocher, Corver annonce qu'il connaît une avocate à Jard-sur-Mer, Agnès Plazza, criminologue et spécialiste « des affaires classées de disparitions ».

— Tu l'appelles de ma part. Elle est très investie dans les affaires de disparitions d'enfants. Elle cherche les moyens de mettre en place une plateforme numérique qui centraliserait tous les dossiers d'affaires non élucidées. En fait, elle se bat contre les institutions et doit faire face aux frontières administratives… Autant te dire qu'elle a du pain sur la planche !

— J'imagine ! Les institutions et aussi certains égos. Se battre contre la justice, la police et la gendarmerie… Il faut qu'elle soit sacrément armée ou motivée. Elle a du mérite.

— Non seulement, elle a du mérite et est combative mais en plus elle est plutôt pas mal.

— Ah, oui ?

— Je vois que tu n'as pas changé et que tu démarres au quart de tour. N'y pense même pas, elle est mariée mais surtout elle n'est intéressée que par les histoires de disparition, à moins de disparaître tu n'as aucune chance, réplique le magistrat avant de terminer la conversation. Allez, salut Ray et bonne chance pour ton enquête. Et n'oublie pas que tu es en vacances, profites-en quand même !

Eustache stoppe le scooter sur le bas-côté et choisit une table isolée sur l'une des terrasses d'un bar, quai Simenon. Face à lui, derrière la lagune, le célèbre aquarium de la ville accueille ses visiteurs enchantés. Les quelques bateaux qui longent le port se dodelinent, impassibles devant le regard, parfois envieux, toujours charmé des promeneurs.

Après une première gorgée de bière, il compose le numéro de l'avocate de Jard-sur-Mer. Très rapidement, une voix dynamique annonce :

— Agnès Plazza, j'écoute.

— Commissaire Eustache.

Il sent qu'il doit aller droit au but et annonce sans préambule :

— Le juge Corver m'a communiqué vos coordonnées. Je souhaiterais m'entretenir avec vous au sujet d'une affaire de disparition d'enfant non élucidée. Je crois savoir que vous êtes très impliquée sur ce type d'affaires.

— C'est assez exact.

— Je suis en fonction à Besançon, mais je suis actuellement en vacances à La Rochelle pour quelques jours encore. Peut-être accepteriez-vous de me rencontrer ? Ce sera rapide, trouve-t-il utile de préciser.

— Ça risque d'être difficile. Je suis très occupée. Que voulez-vous savoir au juste ?

— J'enquête ou plutôt je m'intéresse, tout particulièrement, à la disparition d'une enfant. Les faits remontent à juillet 1993. Elle a disparu au pied du phare de Chassiron.

— Vous voulez parler de la petite Alice Sauzelle ?

— Heu, oui. Vous connaissez l'histoire ?

L'avocate ne répond pas et questionne :

— Pourquoi vous intéressez-vous à elle, en particulier ?

— C'est la fille d'une amie.

Après un court silence, Eustache devine un bruissement de papier à peine perceptible. Sans doute les feuilles d'un agenda que l'on tourne. Il entend :

— Écoutez, il me reste un petit créneau d'une heure, mardi à midi. Passez me chercher au cabinet. Vous connaissez l'adresse ?

— Oui, Corver me l'a communiquée. Je vous invite à déjeuner, si vous acceptez.

— Bonne idée…

Arrivé rue de la Sauvagère, Eustache regagne directement son bureau. En surfant sur les sites dédiés aux enfants disparus, il n'apprend rien qu'il ne sait déjà. Il connaît les chiffres qui annoncent le signalement de près de 48 000 disparitions de mineurs en 2015. Même si, dans la plupart des cas, il s'agit de fugues, près de 400 d'entre-elles sont jugées « inquiétantes » ce qui signifie que la vie des victimes est menacée. Derrière ces statistiques se trament des tragédies insurmontables pour les proches. Au fil des pages, il se rappelle les prénoms et les photos de ces petites victimes dont les drames ont fait la une des journaux. Leurs visages sont restés gravés dans la mémoire collective. Leurs histoires bien connues émeuvent les consciences impuissantes du pays et restent coincées dans des mystères insondables. Chacun, pourtant, voudrait aider, trouver. Rien. Il ne se passe rien. Et, inexorablement, les photos vieillissent sur les visages figés de ces enfants perdus.

Eustache constate que de nombreuses associations se sont créées au fil des ans : souvent à l'initiative des parents qui se battent contre vents et marées pour connaître la vérité, sans doute aussi, parce qu'ils gardent, tout au fond d'eux, cet ultime espoir de retrouver celle ou celui qui n'est plus là. Les forces de l'ordre, elles, ont jeté l'éponge. Eustache pense alors à Mathilde et Lucien qui ne renoncent pas, alors que tout semble perdu. Leur ténacité reste indestructible malgré le temps qui est passé et n'a jamais rien apporté. Ils s'accrochent et luttent contre l'inéluctable. C'est, peut-être, ce qui les fait tenir.

Eustache regarde sa montre. 12h12. Son père est parti déjeuner avec Virgile qui se remet doucement d'une entorse et d'une fracture du bras après une chute à scooter, l'automne dernier*. Eustache

---

* *Meurtre en Franche-Comté - Sale temps pour le Minotaure.*

se lève pour examiner le contenu du réfrigérateur. Du jambon. Un yaourt et un camembert. Avec une belle pêche et quelques abricots, ça fera l'affaire. Après avoir déposé le tout sur un plateau et s'être servi un verre de vin rouge, il s'affale sur le canapé, la télévision allumée. Claire Chazal lui explique que le monde ne tourne pas rond et que pourtant beaucoup ont des avis sur la question et des solutions : mais lui, le monde, il continue à partir en vrille… Heureusement, dans le match retour, le Stade rochelais a encore gagné dans un affrontement viril contre Toulon. C'est déjà ça !

Eustache est attiré par le collier que porte la journaliste. Une fine chaîne sur laquelle est monté un pendentif serti d'une pierre brillante à peine perceptible est, certainement, le cadeau d'un amoureux. Cette femme qui présente le journal télévisé depuis des années, relatant sans relâche les conflits, les attentats terroristes, le réchauffement climatique et les horreurs du monde, porte à son cou un témoignage d'amour. Peut-être que finalement, rien n'est perdu dans ce foutu monde, même si… la pierre est bien fine.

Claire, souriante, le salue avant de ranger ses fiches et de s'éloigner des caméras.

Jingle !

La Rochelle, lundi 25 juillet 2016

En sortant tranquillement du bâtiment qui abrite les archives de la gendarmerie, une copie du dossier « Alice Sauzelle » sous le bras, Eustache perçoit le vibreur de son portable. Il décroche : Mathilde.

— Je suis content de t'entendre… Tu vas bien ?

— Oui, merci Ray. Il fait très beau. Je rentre d'une longue balade de plusieurs heures avec Méduse… Et là, après une bonne douche, me voilà affalée dans un fauteuil sur la terrasse, un verre de pineau à la main avec le spectacle de la mer devant moi.

— Belle récompense après l'effort !

— Je t'appelais pour te dire que j'ai retrouvé ton chèche. Tu l'as laissé sur le canapé.

— Oui, je sais… Il me servait d'alibi pour retourner à la « cabane d'Antioche » et y retrouver sa jolie propriétaire…

— Ah, c'est gentil ça. Même si tu n'as pas besoin d'alibi… Tu viens quand ?

— Eh bien, je ne sais pas, j'ai un rendez-vous important demain.

— Je croyais que tu étais en vacances.

Hésitant, Eustache toussote avant d'expliquer :

— Je le suis. Mais… je reprends le dossier d'Alice.

Silence.

— Je le reprends officieusement. Je veux m'assurer que tout a été fait, que rien n'a été écarté, précise-t-il soudainement inquiet.

Silence.

— Mathilde ?

— Je t'entends Ray. Je ne sais pas quoi dire.

— Je ne peux rien te promettre. Je n'apprendrai, sans doute rien de plus, que tu ne sais déjà. Mais… j'ai la possibilité de ressortir le dossier. Je ne peux pas ne pas le faire. C'est sans doute un réflexe de flic…

— Je comprends, Ray. Ne te justifie pas, au contraire. Je te remercie.

Silence.

— Et, on ne sait jamais, finit-elle par ajouter…

— Je te le redis Mathilde, après 23 ans, il est extrêmement difficile de retrouver une nouvelle piste. Je ne veux pas te laisser trop d'espoir.

— Je sais tout ça. Tu n'as pas besoin de me le dire.

Le ton est agacé. Le silence se fait jusqu'à ce que Mathilde reprenne plus posément :

— Excuse-moi Ray, tout cela me bouscule à chaque fois. Je suis consciente que les chances sont extrêmement minces, mais je ne veux jamais, jamais perdre espoir… Sans l'espoir, je n'ai plus rien.

— Je comprends, réplique le commissaire.

Silence.

— J'y pense : Lucien, le père d'Alice, est à La Rochelle. Il passe quelques jours chez ses parents. Tu voudrais le rencontrer ?

Avant de répondre, Ray réfléchit :

— Oui, pourquoi pas. Tu penses qu'il acceptera de recevoir un flic en vacances ?

— Si je lui dis que tu reprends le dossier, c'est certain. Si tu veux, je l'appelle et lui dis que tu vas le contacter pour convenir d'un rendez-vous ? Ça te va comme ça ?

— Parfait. Tu vas tout lui dire ?

— Que l'on couche ensemble ? Non, certainement pas !

Jard-Sur-Mer, mardi 26 juillet 2016

Avant son rendez-vous avec Agnès Plazza, Eustache choisit de s'arrêter à Saint-Vincent-sur-Jard, là où se situe la maison de Georges Clemenceau. Sur un parking, non loin du site, il s'extrait péniblement de son véhicule et s'avance tranquillement. Devant lui, l'océan répand sa splendeur sauvage, brassant sans cesse ses eaux dans un rythme régulier, Ses rouleaux s'échouent langoureusement sur le sable dans un dernier souffle paresseux, recrachant finalement son écume mousseuse. Le soleil brille faisant luire en surface ses vaguelettes chahutées par les effleurements du vent. Le ciel et la mer s'unissent à l'horizon dans une harmonie de bleus, chapeautés par un voile blanc de nuages. Et cette odeur ! Mélange de fragrances d'eau salée mêlée aux algues et à l'humus, de roches sans cesse polies, de giroflées et d'immortelles de mer aux senteurs enivrantes, de sable humide qui s'étale en se laissant irradier par les rayons brûlants du soleil, avant de se laisser recouvrir par les assauts de la mer et de sa nature exaltée. Tout est beau et sauvage. Offert et insaisissable.

Le cri d'une mouette sort Eustache de sa contemplation. Il se tourne vers la droite pour entrapercevoir la célèbre retraite de l'homme politique, ministre de l'Intérieur et créateur des brigades du Tigre. Tout en longueur, coiffée de son toit de briques orangées, ses longs volets vert pâle s'ouvrent sur l'immensité de la mer. Eustache s'imagine vivre dans cette maison isolée, au confort rudimentaire, offerte aux vents et aux caprices de l'océan, cernée par un jardin exubérant, exhibant ses plantes résistantes aux senteurs vivifiantes. L'endroit est d'une beauté arrogante et impérieuse. Indomptable. Eustache envie le légendaire moustachu.

Sa montre affiche 11 heures 38, Eustache accélère le pas pour regagner sa voiture. Il ne doit pas être en retard à son rendez-vous avec l'avocate.

— Commissaire Eustache ? Enchantée. Entrez, je vous en prie.

— Je vous remercie de me recevoir. D'autant que, j'en suis certain, vous êtes très occupée.

— Vous avez raison mais la curiosité l'a emporté sur mon emploi du temps. Nous n'avons pas si souvent la visite de la police pour coopérer ou plutôt pour nous demander de l'aide… ironise-t-elle.

Eustache ne réplique pas et sourit à la remarque de l'avocate qui entre aussitôt dans le vif du sujet :

— Voilà, mon musée des horreurs ! annonce-t-elle.

D'un geste large, elle balaie de son bras le mur tapissé de cartes de France sur lesquelles sont punaisées des photographies de visages d'enfants. Une multitude de dossiers sont empilés sur son bureau. Certains jonchent le sol. La fenêtre est ouverte, pourtant l'atmosphère est chargée, presque étouffante.

— Tous sont des enfants disparus ou victimes de crimes non élucidés.

Plusieurs portraits sont encollés l'un contre l'autre. D'autres isolés sur la carte. Les visages figés des gamins, arborent pour certains un sourire. Eustache reconnaît, parmi eux, certains devenus tristement familiers. Après les avoir examinés un à un, son regard se pose sur celui d'Alice, affiché sur la pointe de l'île d'Oléron, avec une indication « *Alice Sauzelle, 5 ans, disparue le 20 juillet 1993* ». Il y retrouve les traits du visage peint par Mathilde et visualisés sur les photographies jointes au dossier de l'enfant, feuilleté rapidement la veille au soir. Un fil rouge, fixé par des punaises, relie la photographie à un texte qui rappelle les circonstances de sa disparition : « *Enlèvement : parking du phare – véhicule non identifié* ».

— Il y a très peu de chose dans ce dossier, annonce l'avocate. Vous y avez eu accès ?

— Oui, j'ai pu en avoir une copie pas plus tard qu'hier. Je n'ai pas encore pu me pencher dessus sérieusement. D'après le juge Corver, il semble qu'il n'y a pas grand-chose. Tout semble s'arrêter à cette place de parking. Après, il n'y a plus rien.

— Hum, confirme-t-elle évasive.

Agnès Plazza reste postée un instant devant la photographie d'Alice, ses grands yeux bleus cherchant à percer le mystère qui se cache derrière son histoire. Avant de se retourner vers le commissaire, comme une caresse, elle laisse glisser son doigt sur le visage souriant de l'enfant.

— Allez, venez ! Allons déjeuner.

— J'ai repéré un petit restaurant sur la place… Je ne connais pas.

— Ça ira très bien, c'est bon, rapide et efficace, fait-elle en enfilant une veste en jean sur sa robe fleurie.

Le serveur leur propose une table en terrasse, dépose corbeille de pain et carafe d'eau avant de réapparaître, très vite, pour prendre la commande. Plusieurs touristes sont attablés, le personnel s'active avec courtoisie. Eustache observe l'avocate. La cinquantaine, des cheveux épais et blonds, remontés en chignon savamment désorganisé, encadrent un visage légèrement hâlé. Ses yeux bleu clair surlignés d'un trait d'eyeliner et d'un balayage de mascara illuminent son visage. Sa bouche bien dessinée est relevée par un rouge à lèvres couleur framboise. Son léger embonpoint lui va bien. Il se dégage d'elle une personnalité forte.

— Vous savez que l'on ne dispose d'aucun chiffre précis qui mentionne le nombre exact d'enfants recherchés, annonce-t-elle. On parle d'une douzaine. C'est à peu près ça… Ce chiffre est approximatif. Ça parait dingue, ne trouvez-vous pas, que dans un pays comme la France, nous ne soyons pas en mesure de savoir combien exactement nous recherchons d'enfants disparus.

— Dit comme ça, effectivement cela paraît incroyable. Vous avez une explication ?

— Il n'y a à ce jour aucun fichier national qui recense toutes les disparitions. La France est très en retard sur les disparitions. Bien que depuis quelques années, nous avons progressé avec le dispositif de l'alerte enlèvement. C'est, d'ailleurs, le père d'une enfant disparue qui a rapporté ce dispositif des États-Unis.

— C'est un progrès considérable. Il faut le reconnaître.

— Et qui a fait ses preuves puisqu'à chaque fois, jusqu'à maintenant, cela a permis de retrouver l'enfant. Même si dans certains cas, les gamins avaient déjà subi des atrocités.

Le serveur apporte les assiettes appétissantes avant de s'éloigner. Une belle dorade grillée, parfumée de thym frais et accompagnée de petites pommes de terre de l'île de Ré, titille aussitôt les papilles du commissaire. Avant d'entamer sa dégustation, il verse le vin dans les deux verres et s'apprête à trinquer avec son invitée, alors que celle-ci opère déjà le découpage de sa sole, visiblement pressée d'en finir avec les victuailles. Manifestement, les convenances liées à la gastronomie ne la passionnent guère. Sans compter, qu'elle ne cherche en aucune manière à utiliser les rudiments de la séduction à son égard. Ses gestes sont sobres. Efficaces. Sans fioritures. Elle poursuit, indifférente au repas et au charme du commissaire :

— Cette avancée a cependant ses limites. Le dispositif nécessite d'avoir des éléments matériels sur l'auteur de l'enlèvement. Ce n'est pas toujours le cas. Pour Alice, comme vous le savez, il n'aurait pas pu être déclenché. Il n'y avait aucune information, ni sur le véhicule, ni sur le kidnappeur…

— Objectivement, vous pensez qu'il existe encore des chances de trouver quelque chose dans une histoire qui date de plus de 20 ans.

— Vous savez, répond Agnès en plantant fermement sa fourchette dans le bulbe de fenouil juché sur des légumes au centre de son assiette. Je suis confrontée régulièrement à ces parents qui, chaque jour, malgré le vide des enquêtes, malgré le temps qui est passé, malgré le rationnel, alors que les flics ont lâché l'affaire, espèrent toujours. Envers et contre toute logique. Tant que leur enfant ou le corps de leur enfant n'a pas été retrouvé, ils gardent une infime lueur d'espoir de trouver la vérité. Sans cette lueur, c'est fini. Quel que soit le moyen de la maintenir. Certains ne baissent pas les bras et se battent, d'autres attendent et espèrent, d'autres prient. Et pourtant, certaines de ces affaires ont plus de trente ans. Ils doutent parfois, souvent même, mais finalement ne lâchent pas. Pour eux, il faut continuer. Pour eux et parce que nous, les magistrats, les flics ne devons pas supporter l'idée que des personnes puissent rester dans l'impunité et puissent passer entre les mailles du filet de la justice. Il faut se battre pour ces gosses, pour leurs parents et pour que justice se fasse. Ne rien lâcher pour coincer ces salopards.

Elle coupe le morceau de légume qu'elle porte à sa bouche, mastiquant machinalement avant d'avaler une gorgée de vin. Son regard est ailleurs. Eustache est convaincu qu'elle cogite à ses affaires de disparitions. Il la trouve jolie.

— Je dois vous avouer ne pas avoir été confronté, au cours de ma carrière, à des disparitions d'enfants. À part, bien entendu quelques fugues qui se sont soldées par le retour des gamins. D'après vous qui maîtrisez bien le sujet, qu'est-ce qui explique que l'on ait tant de difficultés à boucler ces affaires ?

— Si vous posez la question aux parents, ils vous diront : l'opacité des procédures. Ces histoires durent et les juges se succèdent. À chaque nouveau magistrat, on recommence à zéro et on repose les questions déjà posées cent fois. Certains dossiers font près de cent mille pages. Vous vous rendez compte, cent mille pages ! On ne peut pas remettre en cause le travail des enquêteurs mais ce qui est déplorable, c'est le manque de communication avec les magistrats qui n'ont aucune véritable maîtrise de l'affaire. Moi, je dis et je martèle sans cesse, qu'il manque dans ce fichu pays un vrai travail collectif. Collaboratif. Dans chaque affaire, on recense une masse impressionnante d'informations. Certaines d'entre elles pourraient donner des pistes à d'autres affaires de disparitions. Pourtant, chaque affaire reste bien rangée, bien étiquetée, dans son étagère. Certains dossiers datent de près de 30 ans. D'autres faits se sont produits pendant ces 30 années. Parfois, et même souvent par des tueurs ou violeurs en série. Il faut arriver à recouper tous ces éléments. Je ne remets pas en question le travail des enquêteurs, je vous l'ai dit. Mais tout le monde travaille dans son coin, sans concertation. Chacun tire la couverture à lui. Et ce sont les kidnappeurs qui profitent de ce manque de collectif. Moi, je passe le plus clair de mon temps à me battre non pas contre les kidnappeurs ou tueurs en série mais contre les institutions : la justice, la police et la gendarmerie. Nous sommes tous collectivement responsables du cafouillage de ces enquêtes.

La serveuse intervient pour desservir et prendre note des desserts. Eustache opte pour des profiteroles au chocolat et glace vanille. Agnès, sans même jeter un œil sur la carte, commande la même chose.

— Il manque des outils simples, reprend-elle aussitôt. Une simple plateforme numérique qui centraliserait tous les dossiers d'affaires non élucidées serait un bon début. Ajouté à cela, un pôle de juges d'instruction spécialisés comme cela existe pour le terrorisme par exemple.

— Dit comme ça, tout parait si simple, constate Eustache.

— Et pourtant, c'est une vraie bataille à mener. Mais vous avez raison, tout cela paraît simple. Il manque l'ingrédient principal : la volonté.

— La volonté c'est certain. Mais le barrage provient, à n'en pas douter, d'une certaine forme de compétition entre les institutions, la police, la gendarmerie et la justice.

— Exactement. Sans parler des batailles d'ego. Nous évoluons dans un métier très masculin. Je ne vous fais pas un dessin…

Le dessert est servi sur la table.

— Que me conseillez-vous ? demande Eustache avant d'entamer son dessert.

— D'abord, il faut vous rendre sur les lieux de la disparition et parler avec les proches de la gamine. J'imagine que ça, vous l'avez fait ?

— Oui, je suis allé sur place. Beaucoup de choses ont changé depuis : les jardins, le parking, les commerces… Seul le phare est resté le même. Je l'ai visité… J'ai longuement discuté avec la mère d'Alice et dois rencontrer son père, prochainement.

— Vous avez récupéré le dossier, m'avez-vous dit. Il faut aussi récupérer les pièces à conviction, si elles existent encore, oubliées dans la cave d'un palais de justice ou d'un labo, continue Agnès. Je vous conseille aussi de relire l'intégralité du dossier. Vous aurez un œil neuf. Lire chacune des pièces, une à une, même les plus anodines : le diable se cache dans les détails. Ce peut être : une expertise mal faite, un témoin qu'il faudrait à nouveau interroger… Recouper les informations. Prenez des notes. Vous verrez alors que tout n'a pas été mené jusqu'au bout.

— La difficulté, c'est le temps qui est passé et qui a effacé certains éléments, lance Eustache avant de marquer une pause pour rependre dubitatif :

— Vous croyez sincèrement qu'il reste des chances de connaître la vérité sur cette affaire. Cette disparition date de plus de 23 ans…

— Je vais vous répondre franchement : je reste persuadée que l'on peut résoudre une affaire de disparation 20 ou 30 ans après les faits. Les langues peuvent se délier, les témoins se mettre à parler pour un tas de raisons. Il ne faut jamais baisser les bras. Mathilde et Lucien ont raison. Sans compter qu'aujourd'hui nous avons un atout de taille : les progrès de la génétique et de la police scientifique.

Elle s'arrête, un instant, avant de lancer :

— Mais attention, tout cela peut vous prendre encore des années... Il ne faut rien lâcher ! Et parfois le miracle se produit.

Saint-Sauveur-sur-École,
15 juin 1993

Les trois visages pétrifiés fixent intensément le corps inerte à leur pied. Aucun mouvement. Personne n'ose bouger. Les yeux exorbités ne veulent ni voir, ni comprendre ce qu'ils redoutent.

Le visage de l'enfant est parfaitement paisible. Ses yeux ouverts, aux pupilles légèrement dilatées, n'expriment rien. Son corps est, lui, tout aussi immobile. Pas un souffle. Pas un seul battement de cœur.

Soudain, le silence est rompu par une plainte déchirante :

— Aurélie ! Réponds-moi… S'il te plaît, Aurélie…

Dominique agenouillé devant le corps inanimé de sa fille laisse échapper un sanglot. Il tend les mains vers elle et tente de la soulever. La tête de l'enfant, part en arrière, comme une marionnette démantibulée. Il se tourne vers sa femme et sa fille les implorant de son regard brouillé de larmes.

— Elle ne bouge pas… Elle dort, elle va se réveiller, affirme-t-il en pleurant.

La mère et la fille restent figées, les yeux grands ouverts devant la scène à laquelle elles ne veulent pas croire. Dominique soulève le petit corps désarticulé avant de le déposer avec précaution sur le lit de sa sœur. Il caresse le front lisse et blanc de la petite et replace une mèche de ses cheveux.

— Aurélie, réveille-toi, ma chérie… implore-t-il, scrutant le visage impassible de l'enfant, à l'affût de la moindre réaction.

La petite gît, le regard fixe, le teint blanc. Parfaitement immobile. Soudain, un léger filet de sang s'écoule à la commissure de ses lèvres pâles.

— Tu l'as tuée…

Les mots de Marie jaillissent comme un crachat. Elle répète, les mains protégeant ses yeux qui ne veulent pas y croire :

— Tu as tué ma fille…

À ces mots, Dominique se soulève. Son visage est révulsé, ses yeux rougis sont exorbités.

— Qu'est-ce que tu dis ? Mais tout ça est de ta faute… De ta faute, à toi !

Son doigt accusateur pointe et se presse sur la poitrine de sa femme qui le regarde abasourdie.

— C'est toi qui, cette fois encore, as été incapable de régler seule ce conflit de gamines. Il a fallu que j'intervienne ... C'est toi qui as merdé! Saloperie, c'est à cause de toi, tout ça... C'est toi qui l'as tuée, vocifère-t-il menaçant.

— Papa! Papa! implore Laurianne, s'il te plaît...

— Et toi, lance-t-il à l'adresse de son aînée. Si tu n'avais pas pleurniché pour ton cahier, ta sœur serait encore là. Si tu avais rangé tes affaires comme je te le dis chaque jour, ça ne serait pas arrivé. C'est de ta faute, à toi aussi! C'est à cause de vous deux et de vos pleurnicheries de bonnes femmes que tout cela est arrivé...

Alors qu'il s'apprête à continuer, la sonnette retentit dans la maison. Tous s'immobilisent avant une deuxième alerte.

— Vous ne bougez pas! Et taisez-vous, ordonne-t-il. J'y vais.

Pétrifiées, devant le corps de la petite, elles n'entendent pas les pas de Dominique descendre l'escalier et la porte d'entrée s'ouvrir devant le facteur. Marie s'approche de sa fille étendue. Une main douce caresse longuement la joue de l'enfant. Des larmes coulent sur le visage de la mère qui parvient à murmurer:

— Pardon ma chérie. Pardonne-moi... Je n'ai pas su te protéger...

Laurianne s'approche à son tour. D'abord craintive, elle dépose un baiser sur la joue de sa sœur, espérant ainsi la réveiller. Surprise par le ressenti inhabituel du contact de la peau de sa sœur, elle se recule aussitôt, interloquée. Le regard fixé sur le visage figé, ignorant le chiot qui arrive en sautillant, elle chuchote :

— Maman ? Tu crois qu'elle est vraiment morte ?

La Rochelle, mardi 26 juillet 2016

Après avoir raccompagné Agnès à son bureau, Eustache s'éloigne de la rue de l'Océan, l'esprit fort préoccupé par les propos de l'avocate. Cette enquête est dans une impasse depuis des années. Tout semble perdu, pour autant, il ne faut pas abandonner. Il se doit de tout vérifier et, vu les circonstances, personne n'est mieux placé que lui pour reprendre ce dossier.

Pour son retour vers La Rochelle, il choisit de longer la côte. Le trajet est beaucoup plus long, mais après tout, il est en vacances ! Et, cette vue sur l'océan ne le lasse jamais. Les fenêtres de la Mini ouvertes, il se laisse chahuter par le vent qui vient s'engouffrer dans l'habitacle, fouettant ses cheveux sans ménagement.

— Mi mi fa fa mi fa fa la si si la fa si si la fa fa…

La radio entame les premières notes d'une chanson qui l'entraîne aussitôt dans une interprétation toute personnelle : « *Tu m'as dit que j'étais faite pour une drôle de vie, j'ai des idées plein la tête et je fais ce que j'ai envie …* ». Le bouton poussé à fond, la voix de Véronique Sanson vient masquer la sienne. C'est une chance…

— Sacrebleu ! Que ça fait du bien.

La maison de la Sauvagère est fermée. Curieux ! Son père est, sans doute, parti faire quelques courses. Eustache ouvre la porte du bureau. Sur le pupitre, l'épais dossier rouge attend. Il s'assoit en soupirant. Que peut-il révéler de nouveau ? Tout a été épluché par les enquêteurs, par Lucien, par Mathilde. Peut-il imaginer que des parents qui attendent et cherchent leur enfant depuis 23 ans ont pu négliger un indice. Non. Il n'y croit pas. Alors que, dubitatif quant à l'intérêt d'en reprendre la lecture, il s'apprête, malgré tout, à tourner la première page du dossier survolé la veille, son portable vibre dans sa poche. Numéro inconnu. Il décroche.

— Oui… Bonjour… Effectivement… Oui, Mathilde m'a expliqué. J'attendais votre appel… 14 heures, demain ? Oui, parfait pour moi… Rue Sur les Murs ? Oui, je connais. Numéro 40… C'est noté… À demain donc.

Pensif, il raccroche. Lucien : le père d'Alice. Voilà plus de 20 ans que cet homme parcourt la France à la recherche de sa fille… Alors, le commissaire ouvre le dossier rouge.

Eustache entame la lecture des nombreux PV d'auditions. Ceux des parents, de l'oncle et de la tante de l'enfant disparue. Les vendeuses de glaces, la dame du guichet du phare ont, elles aussi, été interrogées. Les deux propriétaires des véhicules voisins de la place de parking restée vide, également. Il semble que rien n'a été laissé au hasard. En s'attardant sur ceux des parents, Eustache note le changement de version de Mathilde. En premier lieu, elle annonce être seule à s'être tournée contre le mur du phare pour compter jusqu'à 20, lors de la partie de cache-cache, pendant que Lucien se rendait aux toilettes. Dès sa première version, le père annonce qu'ils étaient les deux contre la paroi. Mathilde revient sur ses propos, le lendemain, pour se conformer à ceux de son mari, justifiant sa méprise par l'état de choc dans laquelle elle se trouvait. Tout cela laisse Eustache perplexe. Lorsqu'il était enfant, il lui est arrivé d'y jouer avec ses cousins.

— Il n'y en a qu'un qui colle ! Et les autres se cachent. On ne colle pas à deux…

Eustache s'attarde ensuite sur les photographies de la fillette disparue. Sur la première, l'enfant joue avec un hula-hoop sur la terrasse de la « cabane d'Antioche ». Elle porte une robe, sans manche, à carreaux vichy, verte et blanche. Derrière elle, Eustache retrouve le décor des lieux. La seconde affiche un visage souriant, encadré par deux couettes et une frange qui lui rappelle les tableaux peints par Mathilde.

Eustache regarde sa montre. 19h37. Son père n'est toujours pas rentré. Il sort pour s'assurer qu'il n'est pas au jardin ou au sous-sol. Personne.

— Qu'est-ce qu'il fabrique… Allo, ben alors ? Je commençais à m'inquiéter.

— Je t'ai prévenu que je sortais avec Virgile et Marcel.

— Non, tu ne m'as rien dit.

— Si, je te l'ai dit. Mais tu ne m'as pas écouté. Pour le repas, je t'ai mis un mot. Tu n'as plus qu'à le mettre au micro-ondes. C'est un reste de queue de lotte.

— Ne t'en fais pas. Je vais me débrouiller. Tu rentres à quelle heure ?

— … Oui, j'arrive…

Eustache perçoit des mots hachés, entrecoupés de rire.

— Bon, je te laisse, ils m'attendent, entend-il.

— Vous allez où ?

— Je ne t'entends plus très bien. Bisou.

— Ah ben celle-là, elle est trop forte. Il a raccroché…

Eustache regarde, interdit, le haut-parleur silencieux de son téléphone. Finalement, il sourit à l'image de son père en virée avec ses copains et rejoint la cuisine pour lire, attendri, le mot qui l'attend, posé sur le plan de travail « Il y a des betteraves rouges dans un petit bol dans le frigo. Fais réchauffer 2 minutes la queue de lotte et le riz au micro-onde. Il y a du vin au sous-sol. Prends celui que tu veux. Bon appétit. Papa. N'oublie pas de fermer à clé si tu sors et ne gare pas ta voiture devant chez Poincenot sinon elle va gueuler ».

— La queue de lotte attendra! Je vais me faire un petit restau sur le vieux port…

La Rochelle,
mercredi 27 juillet 2016

Eustache choisit de se rendre rue Sur les Murs à pied. Ainsi, il n'aura pas à chercher de place de stationnement. En longeant le port des Minimes où se dandinent les bateaux frappés par les rayons du soleil, les remarques d'Agnès Plazza lui reviennent : « Au début, dès que la disparition est signalée, l'enquête commence sur les chapeaux de roues. Tous les moyens vont être mis en œuvre pour retrouver l'enfant qui vient de disparaitre. Des images de ratissage passent en boucle à la télé : les militaires qui recherchent dans les fourrés, les plongeurs qui fouillent les plans d'eau, les gens qui se mobilisent… Les médias en font des caisses. Tout le monde s'active. Mais très vite, lorsqu'on ne trouve rien et qu'aucune piste ne ressort, les énergies s'émoussent. L'histoire sort de l'actualité. Et le temps passe… ». Et pour Alice, 23 ans sont passés sans que rien ne permette à l'enquête de prendre une quelconque direction.

Après avoir laissé derrière lui l'espace portuaire, il poursuit sa marche tranquillement avenue Michel Crépeau, longeant le chenal qui mène au port. De l'autre côté, il distingue l'enfilade de maisons de la rue Sur les Murs. Pendant que les tours célèbres, de la Chaîne et Saint-Nicolas, accueillent fièrement les voiliers qui entrent au port, sur l'embarcadère, les bus de mer déversent leurs touristes venus d'Oléron ou de Ré pour passer quelques heures dans la cité charentaise-maritime. Eustache franchit la passerelle du Bassin des Chalutiers et choisit de faire un crochet par le Gabut. Depuis un an ou deux, une guinguette s'y est installée, ceinte par des murs tagués et meublée avec du mobilier de récupération éclectique. Le côté vintage et hétéroclite, plutôt accueillant, apporte son lot de touristes amusés et curieux. Au bout de la rue de l'Armide, il traverse la petite passerelle et contourne le vieux port. Eustache sent les muscles de ses jambes tirer. Au retour, il prendra la navette! Cours des Dames, la voie est bondée de touristes. Un jongleur fait son numéro, cerné par une foule dense. Il parvient à se faufiler péniblement pour parvenir enfin à destination, rue Sur les Murs.

Eustache lève le nez. Numéro 40. C'est là! Il grimpe mollement les quelques marches qui donnent accès au petit perron protégé par une bignone aux fleurs safranées. Sur les deux niveaux de la maison, des volets blancs encadrent de hautes fenêtres. Les murs en pierre blanche tachetée de gris sont surmontés d'une corniche. Le nom au-dessus de la sonnette affiche « Hubert et Martine Sauzelle ». Mathilde a conservé son nom de femme. La porte s'ouvre très vite après la sonnerie, laissant place à une femme âgée, un peu forte, au visage lumineux.

— Bonjour Monsieur. Vous êtes le commissaire. Lucien vous attend. Entrez, je vous prie. Je suis sa maman.

— Bonjour Madame. Je vous suis.

Derrière la vieille dame, il traverse un petit vestibule qui donne sur une pièce aux rideaux à demi fermés. Deux hommes assis sur un imposant canapé se lèvent. Le plus âgé se présente en tendant une main frêle, perlée de taches de vieillesse. L'homme se tient vouté, ses yeux sont vitreux. Il porte une chemise surmontée d'un débardeur tissé malgré la chaleur.

— Hubert Sauzelle. Je suis le père de Lucien et le grand-père d'Alice.

— Commissaire Eustache. Bonjour Monsieur, répond-il en serrant la main tendue.

— Lucien.

— Bonjour.

Eustache prend place sur le fauteuil qui lui est manifestement réservé.

— Vous prendrez bien quelque chose. Un café, un thé, jus d'orange ?

— Un café, je vous remercie.

La femme sort de la pièce. Lucien entre aussitôt dans le vif du sujet :

— Mathilde m'a expliqué que vous reprenez le dossier d'Alice.

Eustache regarde l'homme devant lui. La soixantaine passée, le visage marqué et fatigué. Les yeux sont vifs.

— Je suis commissaire de police à Besançon. J'ai rencontré Mathilde par l'intermédiaire de connaissances communes que nous avons sur Oléron. Elle m'a expliqué la disparition d'Alice. J'ai travaillé au commissariat de La Rochelle jusqu'à l'année dernière. Je suis sur La Rochelle encore quelques jours. Je veux m'assurer que tout a été fait, que rien n'a été écarté dans cette affaire.

— C'est en effet ce qu'elle m'a dit.

Les deux hommes se jaugent un instant. Eustache comprend que Lucien n'est pas dupe de la relation naissante entre Mathilde et lui. Pourtant, cela ne semble pas vraiment l'affecter. Seul semble compter le drame qui l'habite. Comme une obsession. Son obsession.

— Tout d'abord, je ne peux pas vous laisser espérer quoi que ce soit. Vous savez encore mieux que moi que les faits remontent à plus de 23 ans et qu'aucun élément nouveau n'a été apporté depuis cette date du 20 juillet 1993.

Le grand-père reste silencieux, les deux mains posées sur ses genoux, attentif à la conversation. Eustache comprend qu'il n'interviendra pas, bien que particulièrement préoccupé par les échanges. L'espoir semble avoir définitivement disparu pour lui, tous ces agissements relatifs à ce sujet, n'ont plus de sens et ne sont qu'agitations inutiles. Il n'en perd, cependant pas une miette.

La pièce est chargée de meubles lourds et foncés. Des bibelots s'amoncellent de-ci de-là sur des napperons jaunis. Une odeur d'encaustique indique des nettoyages fréquents. Martine Sauzelle entre dans la pièce chargée d'un plateau. Elle dépose les tasses devant chacun et tend au commissaire une assiette garnie de biscuits, visiblement faits-maison.

— Merci, sourit Eustache avant d'attendre un peu pour porter un gâteau à sa bouche.

La vieille dame se lève à nouveau pour sortir un album photos d'un tiroir du meuble, attenant au canapé. Elle l'ouvre sur une page précise. Et pointe son doigt sur une photo.

— Voilà notre petite Alice. C'était le jour de son premier anniversaire. Là, c'est son cousin, Martin.

Le commissaire examine une à une les photographies en faisant défiler les pages. Il y devine, les oncles et tantes, les cousins et cousines de l'enfant. Il y reconnaît Mathilde et Lucien autour de leur fille. Le temps est passé, la vie a frappé fort. La fillette grandit au fil des pages.

— Celle-là, c'est la dernière que nous avons d'elle.

La grand-mère regarde attendrie le doux visage de la petite fille avant de reprendre l'album pour le ranger.

— Mathilde m'a dit que vous êtes sur les routes depuis près de 20 ans.

— Hum, c'est ça, répond-il.

Après un regard entendu et bienveillant à l'égard de sa mère, celle-ci entraîne son mari.

— Viens Hubert, nous allons les laisser travailler tranquillement, ce sera plus facile pour eux.

D'un pas tranquille, le vieux couple quitte le séjour pour rejoindre une pièce voisine, la vieille femme soutenant tendrement son époux.

Avant d'évoquer ses années à parcourir les routes de France pour tenter de retrouver sa fille, Lucien relate, au commissaire attentif, les premières années après la disparition. Mathilde et lui ont dû reprendre leur travail à Besançon, à plus de 700 km de leur malheur. Pour lui, plus rien n'avait de sens, ni son travail, ni sa vie de couple. Même côtoyer les gamins de l'école lui était devenu insupportable. Sans compter les flics qui leur demandaient d'être spectateurs de leur drame, en ajoutant que tout était mis en œuvre pour la retrouver. Épuisé de rester inactif et d'attendre le moindre indice qui n'arrivait pas, il a choisi de partir à sa recherche. Fuir... Fuir lui était devenu salutaire. Agir pour ne plus réfléchir. Se brouiller les idées pour ne plus penser. Pour ne pas devenir dingue. Alors dans un premier temps, il n'a établi aucune stratégie. Le camping-car acheté, il est parti au hasard des routes. Lorsqu'il atteignait un village, la photo d'Alice à la main, il interrogeait les passants, les commerçants, laissant des flyers avec les coordonnées de Mathilde restée joignable. Dans les écoles, il se présentait auprès de ses collègues instituteurs, très souvent compatissants. Il questionnait les parents et se faisait rembarrer, certaines fois, par des mères méfiantes.

Eustache l'interrompt :

— En vous écoutant, j'ai l'impression qu'à aucun moment vous n'avez douté que votre fille ait pu être tuée.

Lucien baisse les yeux et soupire profondément.

— Je crois qu'Alice est vivante. Comme vous dites dans votre jargon : j'en ai l'intime conviction. Mathilde aussi.

Il se tait et se lance dans une explication :

— Lorsqu'elle a disparu, nous avons bien évidemment pensé que nous la retrouverions morte après avoir été enlevée par un pédophile. La disparition s'est passée sur la pointe de l'île. Aucun corps n'a été retrouvé au pied de la falaise qui a été scrupuleusement inspectée par les gendarmes sur des kilomètres. À pied et en bateau. L'océan n'a rien rapporté non plus… Il ne reste donc que la terre. Bien que les flics aient tout passé au peigne fin, pendant deux mois, nous avons fouillé, avec Mathilde, son frère, des amis, le moindre bosquet, la moindre touffe d'herbe sur des kilomètres. Nous sommes même entrés dans des maisons de vacances inoccupées. Mathilde est native de l'île, il y a eu une véritable mobilisation de la part des résidents. Rien, pas un indice n'a été trouvé, si ce n'est l'élastique qu'elle portait à ses cheveux, au pied du phare. La seule piste, c'est ce chien qui s'est arrêté sur cette place de parking… La seule chose dont nous sommes certains c'est qu'Alice a été enlevée. Et qu'elle a été emmenée vivante hors de l'île.

Le regard froncé du commissaire incite Lucien à poursuivre.

— Tout le monde se connaît plus au moins sur l'île. Une chose est sûre, c'est que si elle était restée ici, les langues se seraient déliées. Le temps aurait fini par parler. Sans compter qu'un psychopathe n'aurait pas pris le risque de passer le pont avec un corps dans la voiture… tout le monde savait que les flics contrôlaient les sorties de l'île. Une autre chose me fait dire qu'elle a été enlevée et emmenée hors de l'île : les résidents ne viennent pas à la pointe de l'île en plein mois de juillet, encore moins autour du phare.

— Vous êtes donc persuadé que c'est un touriste qui l'a enlevée ?

— Non, pas un touriste, mais des touristes. Au pluriel, précise Lucien.

Il se tait un moment avant de reprendre :

— Au bout d'une année de recherche désorganisée, qui n'a mené à rien, j'ai été submergé par le désespoir. Pour rebondir, il a fallu que je mette en place une stratégie. Je suis parti de ce dont j'étais sûr : elle a été enlevée sur le parking. Soit elle s'est éloignée en voulant trop bien se cacher et s'est retrouvée sur le parking où elle a été kidnappée, soit elle a été attirée par quelque chose ou quelqu'un… Je suis retourné au pied de ce putain de phare et pendant tout le mois de juillet et d'août, j'ai étudié le comportement des gens qui viennent à Chassiron.

Lucien s'arrête comme pour mieux faire entendre ses conclusions :

— Il n'y a pas de personnes seules qui arrivent en voiture, si ce n'est les commerçants du site. Les touristes viennent exclusivement en couple ou en famille, avec ou sans enfant. Certains viennent seuls mais à vélo. Des mecs seuls viennent parfois en soirée mais c'est plutôt très rare. Mais seul, le matin et en voiture jamais !

Eustache observe cet homme au visage marqué mais agréable. Ses yeux bleus rappellent ceux d'Alice sur les photos. Plutôt grand et mince, les cheveux grisonnants, son allure inspire confiance.

Pourtant, le commissaire se rappelle les PV d'audition et les propos d'Oscar qui affirment qu'il a été suspecté du meurtre de sa fille.

— Ensuite, j'ai étudié les statistiques sur les départements de France pour relever ceux qui fréquentent le plus le site du phare, continue Lucien. C'est la Charente-Maritime qui arrive en tête puis tous les départements limitrophes. J'ai repris la route en tenant compte de ces données, en organisant mieux mes recherches et en rationnalisant davantage mes déplacements. Au fil des années, j'ai fait faire, par un ami qui vivait aux États-Unis, des portraits vieillis de ma fille.

Il sort une photographie de son portefeuille qu'il tend à Eustache qui examine le portrait d'une enfant d'une vingtaine d'années. Le visage est figé dans un sourire forcé. Les couettes ont fait place à des cheveux mi-longs.

— C'est la dernière, précise-t-il. Je les placardais, en indiquant mon numéro de téléphone, dans les espaces publics, dans les magasins, partout où je le pouvais. J'avais acheté un téléphone portable. À l'époque ce n'était pas aussi fréquent qu'aujourd'hui. Ça évitait à Mathilde de recevoir des appels de charlatans en tout genre…

— Vous avez été suspecté, annonce Eustache brutalement.

Sa tête se redresse brutalement, ses yeux furibonds fusillent le commissaire.

— Vous voulez m'arrêter ? Trop tard… Il y a prescription… Ça fait 23 ans qu'elle a disparu. 23 ans, nom de Dieu ! Et vous les flics, vous n'avez pas trouvé le début d'une explication, pas le moindre indice. Alors ne venez pas me faire chier avec vos interrogatoires à la mords-moi-le-nœud. C'est vous qui avez merdé en ne faisant pas votre boulot. Pas moi !

— Vous savez comme moi que votre version et celle de Mathilde n'étaient pas les mêmes. Vous avez affirmé ne pas les avoir quittées, alors que lors de sa première audition, Mathilde a affirmé que vous étiez parti aux toilettes pendant qu'elle était retournée pour compter pendant la partie de cache-cache.

Lucien soupire, les yeux fermés, la tête penchée en arrière. Il rouvre les yeux et fixe longuement le plafond avant de répondre.

— Rien ne m'y oblige, mais je vais vous répondre parce que vous reprenez le dossier de ma fille. Et que je n'ai plus rien à perdre. Ce que j'avais à perdre, je l'ai perdu il y a 23 ans. Alors oui, je suis allé pisser pendant que Mathilde collait. Quand je suis revenu, Mathilde cherchait déjà Alice. J'ai dû m'absenter 3, 4 minutes, tout au plus. C'est à ce moment qu'elle a disparu… Sachez que je vis avec ça depuis… J'ai convaincu Mathilde de revenir sur sa version. Je devenais le premier suspect en maintenant cette version. Je ne voulais pas que les enquêteurs perdent leur temps sur moi pendant qu'un fumier enlevait ma fille. Voilà. Vous n'aurez pas d'autre explication. Il n'y en a pas d'autre. Demandez à Mathilde, j'ai cru comprendre que vous la connaissez plutôt bien…

Eustache ne réplique pas à l'allusion de Lucien.

— Je peux voir votre camping-car ?

— Il est au garage. Je profite d'être ici pour faire une révision complète pour repartir… ou pas. Je n'en sais encore rien ! Ce n'est rien d'autre qu'un camping-car ordinaire placardé, sur tous les espaces possibles, de cartes routières quadrillées sur lesquelles sont surlignés les endroits que j'ai déjà inspectés.

Il se lève, sort de la pièce pour revenir chargé d'une caisse qu'il pose sur le canapé avant de se rassoir.

— Voilà ! Vous trouverez là-dedans, tous les comptes rendus de mes escapades et de mes rencontres. Je vous les laisse jusqu'à votre départ. Vous aurez un regard nouveau…

Eustache empoigne un carnet qu'il feuillette rapidement, en demandant :

— Les articles de presse de l'époque sont dedans ?

— Ils sont dans un de ces classeurs, au fond.

— Ok. Vous avez obtenu quelque chose ? demande Eustache doucement.

Avant de répondre, Lucien hésite.

— Non.

Silence.

— Non, reprend-il. Je n'ai rien obtenu… Tout ça pour rien… Toutes ces années… Quelques appels de gens qui pensaient l'avoir vue… Des méprises… Une fois, j'y ai vraiment cru. Ce n'était qu'une ressemblance.

Un lourd silence tombe dans la pièce, avant que Lucien explique :

— Tout est consigné dans ces carnets. Ce sont mes livres de bord en quelque sorte.

Sur la couverture de l'un des registres, « *Agnès Plazza* » est écrit au feutre avec un numéro de téléphone. Eustache sourit. Lucien n'a rien laissé au hasard. 23 ans d'enquête acharnée, soldée par un échec cuisant et, sans aucun doute, douloureux et accablant.

— Aujourd'hui, elle a grandi, entend-il. Ce n'est plus une petite fille. Je l'imagine telle qu'elle pourrait être, blonde et grande comme sa mère. Les yeux bleus… comme les miens. Je sais, pourtant, que peut-être, je ne parviendrais pas à la reconnaître si je la croisais…

Le regard las, il se tait. Penché en avant, les coudes sur les genoux, la tête posée sur les mains, il finit par déclarer :

— Je suis fatigué Commissaire… Vraiment fatigué… Je ne suis pas certain de vouloir continuer…

Eustache ne dit rien. Il entend murmurer :

— Mathilde a raison. Il reste le phare.

La Rochelle,
mercredi 27 juillet 2016

Chargé de la caisse contenant les carnets remis par Lucien, Eustache choisit de prendre une navette pour retraverser le chenal. Sur le bateau, il appelle son père afin qu'il vienne le récupérer en voiture au niveau de la passerelle du Bassin des Chalutiers. Débarqué, il s'assoit sur un petit muret pour observer les badauds déambuler. Très vite, la vieille 205 blanche se profile au bout de l'avenue Michel Crépeau.

Après avoir déposé son chargement dans le coffre, Eustache s'installe sur la place côté passager.

— Ben, t'étais où… Et c'est quoi cette caisse ?

— J'avais un rendez-vous en ville… Mince mon téléphone…

La mélodie stridente de son portable résonne dans l'habitacle de la voiture.

— Allo… Bonjour Marianne… Oui, merci… Jeanne va bien ?… Ah mince… Elle fait des dents… Le karcher ? Oui, il le sait, il m'en a parlé. Ok, je lui dis. Estelle te donne le bonjour… et Marianne aussi…

— Ben… Dis-leur que moi aussi. Et surtout à ma petite Jeanne.

— Il vous embrasse, et Jeanne aussi… Oui, il fait très beau… Ah bon, il pleut depuis une semaine… Oui, c'est sûr que c'est bien pour la nature… Ils ont annoncé une belle semaine, tant mieux, tu pourras sortir la petite… Le chat ? C'est la voisine qui le garde… Quoi, quelle voisine ? Ma voisine, je n'en ai qu'une… Oui, elle aime les chats… Bon, écoute Marianne, je n'allais pas te demander ta permission pour le lui laisser… Si ça ne te convient pas, tu n'as qu'à le récupérer… Oui, c'est ça. Je le récupérerai quand je rentrerai… Non, je ne sais pas quand, précisément… Ok, ça marche… Embrasse la petite… Oui, moi aussi.

— C'est quoi cette histoire de voisine et de chat… C'est ta voisine qui garde le chat de Marianne.

— Oui. Je n'allais pas l'emmener jusqu'ici…

— Ben, pourquoi tu lui as pas rendu son chat à Marianne.

— Parce qu'elle est allergique ! Je te l'ai déjà expliqué.

— Et cette voisine, c'est qui ?

— Ben... C'est ma voisine, qu'est-ce que tu veux que je te dise ? C'est un véritable interrogatoire !

Silence.

— Et... elle est jolie cette voisine ?

Les deux hommes sourient le regard complice laissant un joyeux silence de connivence s'installer.

Arrivé dans la maison, Eustache dépose la caisse au pied du canapé avant de classer les carnets à partir des numéros enregistrés sur chacune des couvertures. Bien installé sur le fauteuil du salon, il entame la lecture pendant que son père s'affaire dans la cuisine attenante. L'écriture de Lucien est fluide. Les lettres sont bien formées. Eustache se souvient qu'il était instituteur. Chaque récit des journées passées à la recherche de sa fille commence par une date et un lieu. S'ensuit un récit clair, précis. Tous les détails sont consignés. Eustache comprend que cet homme n'a pas pu tuer sa fille. 23 ans passés à sa recherche, à transcrire l'intégralité de ses observations. 23 ans !

Bien que concentré par ses lectures, les fumets de mogettes à la tomate lui titillent les narines et l'invitent à se lever pour passer à table. Sur la terrasse, une petite brise douce vient rafraîchir l'air du soir. Le repas se déroule tranquillement en bavardant de futilités jusqu'à ce que le vieil homme interroge son fils sur les carnets. Eustache soupire.

— Tu te rappelles l'enfant disparu à Oléron, il y a 23 ans ?

— Tu veux parler de la petite Alice Sauzelle. Bien sûr que oui. À l'époque, tout le monde ne parlait que de ça. Sale histoire ! Tu étais en stage à Paris. 23 ans ! Comme le temps passe… Pourquoi tu me demandes ça ?

— Je reprends le dossier…

— Tu reprends le dossier ? Mais tu travailles à Besançon !

— Je ne reprends pas l'enquête. Je rouvre le dossier pour l'étudier avec un regard neuf.

Son père le regarde intensément.

— Pourquoi, tu fais ça ? Tu viens en vacances et tu rouvres ce dossier qui date de plus de 23 ans…

Eustache sourit de la perspicacité du vieil homme.

— Il s'agit de la fille d'une copine. Ces carnets sont ceux du père de la gosse. Il est parti à sa recherche depuis sa disparition.

— Nom de Dieu ! Pauvres gens ! Tu crois vraiment qu'après tout ce temps, tu peux retrouver quelque chose ?

— Non… Je n'y crois pas… s'entend-il répondre.

L'entretien avec Agnès Plazza lui revient en mémoire : « *Les langues peuvent se délier, les témoins se mettre à parler pour un tas de raisons. Il ne faut jamais baisser les bras. Sans compter qu'aujourd'hui nous avons un atout de taille : les progrès de la géné-*

tique et de la police scientifique. »

— En même temps, on ne sait jamais…

Le repas s'achève tranquillement dans la quiétude du soir.

Une fois, la cuisine rangée, le vieil homme choisit de rejoindre sa chambre. Eustache allume la télévision qu'il met en sourdine et sort quelques carnets de la caisse pour en reprendre la lecture. Des coupures de journaux jaunies s'échappent d'une pochette. Il les ramasse avant de les examiner. Sur nombre d'entre-elles, le visage de la petite fille affiche un sourire candide, des yeux rieurs. Une photographie de Mathilde et Lucien, aux traits tirés, affiche le désarroi des parents. Certains titres racoleurs retracent l'événement en ajoutant du sordide au drame déjà terrible. Un article évoque la perquisition dans la caravane du marginal qui vivait seul, non loin du phare et de la cabane d'Antioche. L'homme bedonnant, apparait les cheveux hirsutes, l'œil torve. D'abord suspecté, l'homme a très vite été mis hors de cause par un copain qui affirme avoir passé la matinée avec lui. Rien n'a été trouvé chez lui. Tout ceci est consigné dans le rapport d'enquête qu'Eustache a lu la veille.

Plusieurs articles relatent les soupçons qui ont pesé sur Lucien. La contradiction des versions des deux parents a véritablement soulevé une forte défiance à l'égard du père de la petite disparue.

Il semble que le procureur se soit acharné sur lui quelque temps avant de finalement abandonner cette piste. Eustache imagine qu'avec le peu d'éléments dont les enquêteurs disposaient, ils se sont engouffrés dans la seule faille de l'enquête. Certains journalistes se sont gargarisés de cette éventualité.

Eustache reprend la lecture des carnets. Difficile d'en tirer quelque chose. Les rencontres de Lucien se succèdent, les unes après les autres. Les lieux changent. Le père de l'enfant a lui-même confirmé qu'il n'avait rien trouvé de probant. Le commissaire comprend qu'il ne pourra pas tirer grand-chose de ces 23 années de recherche plus ou moins aléatoire. Avant de refermer la caisse, il consulte le contenu d'une grande enveloppe défraîchie. Des dessins d'Alice, maladroitement signés de sa main enfantine.

Saint-Sauveur-sur-École, 15 juin 1993

Dominique observe sa femme qui s'avance lentement sans le regarder en fixant le fond du jardin.

— C'est fait ! annonce-t-il.

Marie n'écoute pas et s'approche lentement du petit monticule de terre. Elle s'accroupit. Les deux mains posées à plat sur la surface humide, elle ferme les yeux. Des larmes s'écoulent sur ses joues, ses lèvres murmurent :

— Dors mon ange. Dors… Nous sommes là… Près de toi…

Laurianne observe la scène à distance, sans oser s'approcher. Dominique prend doucement la main de sa fille avant de s'agenouiller face à elle. Son regard est intense. La petite reste face à lui. D'une voix molle, il explique :

— Ta sœur sera toujours auprès de nous. Nous pourrons aller près d'elle tous les jours. Tu pourras lui parler, si tu veux… Elle t'entendra.

La fillette lance un regard interrogateur à son père.

— Elle a ta poupée comme tu me l'as demandé. Et son doudou…

Il s'interrompt un moment, souriant tristement à sa fille.

— Laurianne, ce que j'ai à te dire est très important. Très, très important. Écoute-moi bien.

Le ton utilisé oblige la petite à ne pas dévier son regard de celui de son père. Les bras ballants, le visage tendu, les yeux inquiets, elle mobilise toute sa concentration pour écouter.

— Si tu racontes, à qui que ce soit, ce qui s'est passé pour ta sœur, la police va nous emmener en prison, ta maman et moi. Oui, oui, en prison. Et alors, nous ne pourrons plus te voir. Nous serons séparés, pour toujours.

Le regard qu'elle porte à son père est empreint de détresse. Elle baisse la tête. Ses yeux s'embrument. Il poursuit :

— Et, comme nous serons en prison, nous ne pourrons plus nous occuper de toi. Alors, les services sociaux vont t'emmener, toi, pour te placer chez des gens que tu ne connais pas. Parfois, ce sont des gens mauvais… Comme dans le livre que je t'ai lu. Et, tu ne nous verras plus… plus jamais.

Silence.

— Et, s'ils comprennent que tout cela est aussi de ta faute, ils te mettront dans une maison de redressement. C'est une prison, mais pour les enfants, précise-t-il devant le regard terrorisé de la petite.

Laurianne éclate en sanglots. Son père la prend dans ses bras et la serre contre lui. Il enfouit le nez dans ses cheveux et l'embrasse. À travers les hoquets de la petite, il entend :

— Et, en plus, Aurélie restera toute seule ici.

Oléron, vendredi 29 juillet 2016

— Gaston ? C'est Ray, annonce-t-il à son collègue de Besançon. Vous allez bien ?... Quel temps avez-vous ?... Non, ici, il fait très beau... J'aurai besoin que vous fassiez quelques recherches dans les archives...

Après quelques explications sur l'affaire de l'enfant disparue, Eustache demande à son collègue bisontin de questionner les enquêteurs qui ont traité le dossier à l'époque des faits et notamment ceux qui ont interrogé l'entourage et les collègues de Mathilde et Lucien.

Après s'être informé des avancées des affaires en cours, Eustache raccroche, pensif. Ses vacances sur la côte Atlantique vont prendre fin prochainement. Il lui faudra retourner dans la capitale comtoise. Sous la pluie, à n'en pas douter... Le coude sur la portière ouverte de la Mini, il réfléchit à cette décision, prise l'année précédente, de quitter sa région. Nul doute qu'il a trouvé sa place au commissariat de Besançon, que sa nouvelle ville est belle. Sa fille aussi. Sa femme aussi. Le point noir, c'est Estelle : la compagne de sa femme. Celle pour laquelle, elle l'a quitté. Celle qui fait qu'il a dû s'expatrier pour ne pas abandonner sa fille. Celle qui, chaque jour, prend sa place auprès de sa femme et de sa fille.

De gros nuages viennent assombrir l'horizon. Eustache scrute le ciel menaçant. Accompagnées d'un vent léger, quelques gouttelettes s'échouent d'abord timidement sur le pare-brise de la Mini. Le ciel se couvre encore davantage quand soudain, un éclair zèbre le ciel d'un éclat lumineux, suivi d'un grondement de tous les diables. La pluie redouble. Très vite, les essuie-glaces, poussés à fond, ne suffisent pas à évacuer les trombes d'eau qui se fracassent sur la vitre. La Mini ralentit. Le pont d'Oléron se dessine faiblement.

La traversée de l'île se fait au ralenti. Après avoir passé Saint-Denis, la pluie diminue enfin et déjà les rayons de soleil cherchent à se faufiler entre les nuages chassés doucement au large par le petit vent marin. La bifurcation qui mène à la cabane d'Antioche se profile au bout de la rue. La Mini bifurque à droite. Le sentier est gorgé d'eau. Chaque passage sur une ornière vient projeter un flot terreux sur la carrosserie. La Méhari est stationnée devant la maison. L'atelier est fermé. Méduse arrive sautillant suivi de sa maîtresse.

— Non, Méduse, tu ne sautes pas !

— Trop tard…

Eustache frotte le haut de son pantalon, maculé de terre en souriant.

— Ce n'est pas grave. Ça séchera ! fait-il en embrassant Mathilde.

— C'est bien que tu sois là, répond-elle à son baiser. Entre et installe-toi, je vais ouvrir la porte de l'atelier, l'orage est passé.

Après avoir franchi le vestibule encombré, Eustache pose son sac au pied de l'escalier qui mène à l'étage. La baie vitrée fermée laisse entrer la lumière qui s'immisce déjà derrière les derniers nuages. L'océan est gris brun, encore remué par le vent, en surface, les vaguelettes frémissent laissant luire son écume blanche.

Sur la méridienne, le journal du jour est ouvert sur la rubrique hebdomadaire « Chaque semaine, la vie d'un phare ». Le titre de la semaine « *Le phare de Cordouan encore habité* » et son illustration attirent Eustache qui s'assied pour lire l'article. Le plus ancien phare français en activité est entretenu 365 jours par an par ses gardiens. Son accès est conditionné par les marées et leurs coefficients. Il est impossible aux navires de s'approcher trop près de l'îlot rocheux sur lequel il est bâti. Un ponton pierreux, difficilement accessible, mène au pied des 301 marches qui grimpent sur les 67 mètres de l'édifice pour s'ouvrir sur un panorama à couper le souffle. L'histoire de Cordouan est séculaire. De par sa construction décidée par le roi Henri III et l'influence de la monarchie qui s'affiche à chacun de ses étages et de ses pièces, Cordouan est qualifié de phare des rois. Il a toujours été fondamentalement lié à la monarchie de France. Il est désigné aussi comme le roi des phares car étant le premier à s'allumer sur la côte, c'est lui qui détermine le rythme des autres.

Alors qu'Eustache observe le dessin qui reprend avec minutie le détail des lucarnes et de la lanterne de l'édifice, Mathilde entre dans la pièce. Elle s'approche et vient s'assoir près de lui sur la méridienne. D'un geste doux, il lui replace une mèche rebelle qui sort de son large bandeau pour venir titiller sa joue.

— Oscar et Babette nous retrouvent ce soir. J'ai réservé une table à Saint-Denis dans un petit restaurant sur la route de Chassiron. On y mange plutôt bien.

— Tu as bien fait de leur dire de venir. Ça me fera plaisir de les voir.

Sa main glisse doucement sur sa joue pour descendre dans son cou avant de s'aventurer sur le premier bouton de son chemisier. Il murmure :

— Tu es en train de me dire que nous sommes seuls jusqu'à ce soir…

— Hum. Je n'ai finalement pas ouvert l'atelier… La plage est trempée, j'ai peur que nous soyons enfermés ici toute la journée…

Oléron, vendredi 29 juillet 2016

— Tu as rencontré Lucien, demande doucement Mathilde, la tête sur l'épaule de Ray.

— Oui… Je suis passé chez ses parents mercredi après-midi, répond Eustache, le coude plié derrière la tête.

Son autre main tripatouille, autour de son doigt, une mèche des cheveux bouclés de Mathilde, les yeux fixant le plafond, songeur.

— Et ?

— Et… Il m'a parlé de son périple de plusieurs années.

— À chercher Alice, poursuit-elle.

— Oui, à chercher Alice, répète-t-il… Et à fuir aussi, sans aucun doute.

— Oui, à tenter d'échapper à ce drame en se mettant dans l'action… Pendant que moi, je suis restée là, à l'attendre… Nous avons eu des stratégies différentes qui n'ont rien donné, ni l'une, ni l'autre, il faut bien le reconnaître. Nous aurons essayé avec nos moyens, fait-elle dans un soupir.

Eustache parcourt la pièce du regard. La fenêtre à peine entrouverte laisse passer un peu d'air qui fait frémir les rideaux blancs. Sur le fauteuil, des vêtements s'amoncellent dans un désordre qui le fait sourire. Cette maison ressemble à sa propriétaire. Lumineuse. Entière. Sans compromis.

Ses yeux s'arrêtent sur les trois cadres, sous verre, accrochés aux murs, à droite de la porte. Les dessins d'Alice. Il se lève, enfile son caleçon et se poste devant chacun d'eux : la maison et ses deux arbres, le couple avec l'enfant sous le soleil et le phare avec ses rayures noires et blanches devant trois V, représentant des oiseaux qui se détachent sur le bleu du ciel.

— Je peux ouvrir la fenêtre complètement ? demande-t-il.

— Oui, le soleil semble être revenu.

Mathilde vient se placer à côté de lui. Devant la fenêtre ouverte, ils admirent l'étendue d'eau scintillant sous le soleil après l'estran où luisent les flaques et les algues mouillées. Au loin, les mouettes se marrent, les voiles blanches des bateaux se démarquent sur le bleu du ciel. Sur leur gauche, se profile la balise d'Antioche.

— Au Moyen Âge, sur la côte de l'île, on attachait un baudet au bord du rivage avec une lanterne allumée à son cou. L'âne faisait osciller la lanterne qui, de loin, semblait être à bord d'un navire. Les navigateurs qui pensaient suivre un passage navigable venaient s'échouer, et les naufrageurs venaient s'emparer de la cargaison des naufragés.

Eustache sourit à l'écoute de cette légende. Nul doute que les larcins, les pillages, les saloperies de toute nature ont toujours existé. Même sur cette île.

— Et si on se levait avant l'arrivée d'Oscar et Babette, glousse Mathilde en enfilant un peignoir ample et fleuri.

— C'est préférable, si je veux éviter le regard d'Oscar, réplique-t-il. Pour le tableau, j'ai réfléchi, je vais prendre celui avec le chat, si tu veux bien.

— Ça me fait plaisir que tu prennes celui-là. Je l'aime beaucoup, sourit-elle.

En sortant de la pièce, Eustache examine à nouveau les dessins d'Alice accrochés à droite de la porte de la chambre. Il ne parvient pas à comprendre, mais quelque chose le chiffonne.

Saint-Sauveur-sur-École, 4 juillet 1993

Sur le chemin qui les ramène du bas du village, Marie donne la main à Laurianne. Sous le soleil, un vent léger soulève les cheveux de la fillette et fait virevolter sa jupette.

— Je la trouve jolie ma nouvelle école. Plus jolie que celle de Dammarie-les-Lys, déclare-t-elle, en regardant derrière elle le bâtiment fermé.

— Oui, tu y seras bien. C'est vrai qu'elle est jolie. Tu sais que c'est une classe à plusieurs niveaux. Les CP sont avec les CE1.

En terminant sa phrase, la mère se raidit. Le silence se fait. L'enfant aussi se fige. Elles comprennent toutes les deux, se regardent tristement avant de continuer leur route, silencieuses. Lorsqu'elles franchissent, le pont au-dessus de la petite rivière, laissant sur leur droite le vieux lavoir, Marie explique :

— Tu sais que la rivière s'appelle aussi l'École ?

— Oui, je sais papa me l'a dit. C'est pour cela que l'on dit Saint-Sauveur-sur-École, c'est à cause de la rivière.

La montée escarpée qui mène rue de l'Église ralentit leur allure. Arrivées au sommet, elles s'arrêtent un instant, légèrement essoufflées. Devant elles, la route est longée de part et d'autre de hauts murs en pierre, fréquents dans la région gâtinaise. Derrière ces remparts, se cachent de belles demeures silencieuses, aux parcs arborés. Les branchages fournis des marronniers s'échappent par endroit pour venir frôler les visages des promeneurs.

Après un léger virage, à quelques mètres de la maison, l'église élance son clocher vers le ciel. Devant l'entrée, une dizaine de platanes abritent une courette en herbe bien entretenue. Une allée pavée les invite à franchir la grande porte en bois, surmontée d'une petite rosace. Marie soulève le lourd loquet. La porte grince et l'obscurité se fait. Près du bénitier, Marie se signe. Elles s'avancent silencieuses, toutes les deux, côte à côte, dans l'allée centrale pour s'assoir sur un banc, face à l'autel en bois. Laurianne observe autour d'elle, ce lieu encore ignoré, empreint de solennité et qui appelle au silence. Le chœur est formé de deux travées ogivales. Derrière, le chevet plat est percé de trois baies garnies d'étroits vitraux laissant poindre une lumière diffuse.

— Pourquoi, on est là ?

Sa mère, concentrée, ne répond pas. Son regard se porte à gauche de la nef où se trouve l'autel de la Vierge surmonté d'un tableau aux couleurs sombres. Sur le tabernacle repose une vierge drapée de bleu, aux yeux tristes portant dans ses bras un enfant nu tenant l'orbe. Laurianne comprend qu'elle doit continuer à se taire. Elle finit par poser sa main sur celle de sa mère qui lui sourit.

Lorsque Marie se lève, elle la suit jusqu'à une table surmontée de cierges allumés. Marie craque une allumette et empoigne une fine bougie blanche. Lorsque la mèche prend feu, elle la repose délicatement sur un socle noir, à côté des autres. Elle se signe une nouvelle fois puis se recule légèrement, le corps et le visage fermés dans une posture de recueillement.

— Moi aussi, je peux en allumer une ?

Marie aide sa fille. Elles restent hypnotisées quelques instants par la lumière des flammes vacillantes dans l'obscurité de l'église avant de rejoindre l'allée centrale pour ressortir.

La porte grince à nouveau. Le soleil revient.

Oléron, vendredi 29 juillet 2016

Dans la Méhari conduite par Mathilde, tout accaparé par le souvenir du repas qu'ils viennent de terminer au restaurant de Saint-Denis, Eustache s'extasie :

— Le bar était vraiment excellent. Et, je ne vous parle pas du risotto avec la petite julienne de légumes aux parfums subtils de citron et de gingembre... Sans compter que le petit sauvignon qu'elle nous a servi s'accordait parfaitement avec l'ensemble des mets. Ce sont des petits vins, c'est vrai, mais, je trouve que pour le prix, ils sont plutôt pas mal... Vraiment une bonne trouvaille ce petit resto. À retenir !

En écoutant Eustache s'extasier sur le repas, Oscar jette un regard entendu à Babette qui lui répond par un sourire amusé. À l'approche de l'embranchement avec le sentier qui rejoint la cabane d'Antioche, Mathilde ralentit et chacun s'accroche comme il le peut dans le virage. Les aboiements joyeux de Méduse accueillent les visiteurs.

— Je vous propose un petit cognac pour finir la soirée… Ou pour les plus sages un petit café ou même une tisane, propose Mathilde en poussant la porte du vestibule.

Pendant qu'elle s'attelle à préparer les boissons, Eustache ouvre la porte de la baie vitrée.

— Il fait très bon. J'irais bien marcher un petit coup, histoire de digérer. Ça intéresse quelqu'un ? suggère-t-il.

Devant le peu d'enthousiasme que sa proposition soulève, il insiste :

— Vous m'accompagnez Oscar ? On ne va pas loin…

— Oui, vous avez raison, ça ne peut pas faire de mal, répond le gendarme en se levant péniblement du fauteuil dans lequel il était confortablement installé.

— Les filles, ça vous dit une petite balade digestive ? questionne Eustache. À moins que vous ne préfériez rester tranquilles ici…

— Nous allons nous installer bien tranquillement sur la terrasse. Et, avec un petit verre de cognac, ce sera parfait… Qu'en dis-tu Babette ?

— Ça me va très bien !

Le soleil est couché mais sa lumière sur la lune a pris timidement le relais permettant aux deux hommes de marcher sans encombre sur le sentier. L'air est doux. Arrivés sur la route, ils bifurquent en direction du phare bavardant tranquillement de choses et d'autres avant qu'Oscar demande :

— Vous avez pu obtenir le dossier d'Alice ?

— Oui. J'ai commencé à mettre le nez dedans. Je ne suis pas certain de trouver un indice qui permettrait de redémarrer l'enquête. Il n'y a effectivement pas grand-chose…

— Nous avons reparlé de cette histoire dernièrement avec Babette. Elle m'a dit que Mathilde a épluché le dossier à maintes reprises. Pour elle, la seule chose de potentiellement exploitable dans le dossier, c'est le rapport de la vendeuse de glaces qui aurait mentionné avoir vu passer un couple avec deux gamines et un chien. Elle a été troublée par ce témoignage.

Eustache réfléchit.

— Elle ne m'en a pas parlé. Sans doute pour ne pas orienter mon enquête. J'ai lu ce rapport. En effet, cela mérite d'être regardé de près. J'imagine qu'elle l'a soulevé auprès des enquêteurs à l'époque.

— Oui, ils l'ont réinterrogée en lui remontrant une photo d'Alice. Elle a dit que les deux gamines se ressemblaient beaucoup et qu'elles avaient l'air de bien s'entendre. Comme des sœurs, a-t-elle précisé. C'en est resté là.

Silence.

— Les gamines avaient des couettes ?

— Des couettes ? Je ne sais pas.

— Je regarderai dans les PV s'il en est fait mention, marmonne Eustache en réfléchissant.

Leurs pas les conduisent à quelques dizaines de mètres du phare. Ils croisent un couple, main dans la main, elle un peu plus âgée, lui un peu plus frileux avec un chèche coloré autour du cou. Quelques promeneurs arpentent le chemin qui mène à la pointe de l'île, là où l'océan offre un spectacle permanent. La lune se contemple dans le miroir étendu sous elle, déployant sa lumière qui vient scintiller sur la surface de l'eau pour la faire resplendir.

— Ça va vraiment être compliqué, Commissaire de retrouver quelque chose… Ça fait si longtemps. 23 ans… Non pas que je doute des compétences de la police, ironise-t-il.

Eustache sourit et confirme les propos du gendarme :

— Je sais Oscar, les chances sont minces. Même pour un flic… Mais, je ne peux pas ne pas essayer. Pour Alice d'abord, pour Mathilde ensuite mais aussi et surtout pour trouver le fumier qui a enlevé la gamine.

Silence.

— Il y a des sacrés tarés quand même. Comment peut-on s'en prendre à une gosse de 5 ans ! Ça me dépasse toujours ces trucs-là, déclare le gendarme.

— Vous savez Oscar, reprend-il. Nous faisons un sale boulot. Je suis flic depuis près de 30 ans. J'ai été confronté à des trucs terribles. Tout comme vous, j'imagine ! Les gens ne se rendent pas vraiment compte de ce à quoi nous sommes confrontés. Les faits divers sordides qu'ils lisent dans les journaux sont notre quotidien. Nous y sommes confrontés en permanence et devons prendre sur nous pour ne pas péter un câble. Ne pas se laisser emporter par nos émotions fait partie intégrante de notre job. Ne pas laisser nos démons les plus primaires prendre le dessus.

— Je dois vous avouer, Commissaire que je ne parviens pas toujours à rester stoïque. Il m'arrive d'avoir envers certains des pensées qui ne sont pas très… comment dire ?… Professionnelles… Et notamment lorsque les victimes sont des gamins… Certains mecs n'ont plus rien d'humain… Je leur péterais la gueule, voire pire, sans aucune pitié !

Silence.

— Notre job, c'est de les arrêter. Le reste, c'est à la justice de s'en occuper, reprend le commissaire. Nous, nous devons rester professionnels en toute circonstance. Nous sommes dans un pays civilisé et c'est à nous de veiller à ce qu'il le reste. Nous devons nous concentrer sur nos enquêtes… sans état d'âme. Dans le cas d'une disparition par exemple, il faut s'efforcer de voir les pédophiles comme des êtres humains à part entière. Si nous les voyons comme des monstres, nous entrons dans la fascination et nous nous trompons de route. La plupart d'entre eux ont des vies très communes. Il faut parvenir à comprendre leur faille, leur faille humaine. Ce n'est pas de la compassion. Surtout pas ! C'est juste qu'il le faut pour parvenir à débusquer ces fumiers, pour les arrêter et les empêcher de nuire à nouveau.

Le portable d'Eustache vibre dans sa poche :

— Excusez-moi, Oscar. C'est Besançon.

Il s'éloigne légèrement.

— Oui, Gaston, je vous écoute. Vous faites des heures sup Gaston ?... Bon... je ne m'attendais pas à autre chose, mais je voulais m'en assurer... Merci. Je vous rappelle demain, annonce-t-il en mettant fin à la conversation.

Eustache préfère ne pas révéler au gendarme avoir demandé un complément d'informations à Besançon sur les investigations menées auprès de l'entourage des parents au moment de la disparition d'Alice. Oscar est le compagnon de l'amie de Mathilde... Sans doute que si celle-ci venait à l'apprendre, elle verrait d'un mauvais œil cette initiative et l'interpréterait peut-être comme une trahison. Pourtant, s'il doit reprendre l'enquête, il ne doit rien laisser au hasard. Y compris la piste qui mène à soupçonner Lucien et même Mathilde d'être les auteurs de la disparition de leur fille.

Alors qu'ils rebroussent chemin en direction de la « cabane d'Antioche », une voiture les frôle, fenêtre ouverte, exhibant une musique poussée à fond, malmenée par les basses martelant la quiétude de la soirée. Le chauffeur balance un emballage de paquet de cigarettes chiffonné qui entreprend aussitôt une danse folle, tourbillonnant en tous sens avant d'aller se coincer dans les branches d'un tamaris.

— Si on pouvait verbaliser la connerie, je vous le dis, Commissaire, on aurait vite fait de remplir les caisses de l'État…

Oléron, samedi 30 juillet 2016

— Je pars faire un tour au phare. Tu veux m'accompagner ? propose Mathilde à Eustache.

— J'ai plusieurs appels à passer. Je vais rester là, sur la terrasse, si tu veux bien.

Alors que la Méhari s'éloigne sur le sentier, Eustache reste un moment, une tasse de café à la main, à observer l'océan.

Il finit par se lever lourdement pour s'avancer vers le rivage, portable en main. Il appelle Lepic pour connaître l'évolution de quelques affaires en cours dans la capitale comtoise. Après avoir raccroché, il retire ses chaussures qu'il pose à l'abri sur un rocher et s'engage pour une petite balade au bord du rivage.

Un petit vent marin, vient chatouiller ses cheveux poivre et sel. L'air est doux. Son esprit s'évade à Besançon. L'image de sa fille s'affiche dans son esprit, il éprouve le besoin d'avoir de ses nouvelles. Après avoir composé les quelques lettres du SMS adressé à Marianne, il referme son téléphone et reprend tranquillement sa marche.

— *Salut. Comment va Jeanne* ?

Un peu plus loin, une femme se promène, une paire de sandales à la main, les pieds dans l'eau. Un jeune garçon marche à côté d'elle, tenant un petit seau rouge, se baissant de temps à autre pour ramasser un coquillage. Eustache se rappelle alors ces longues promenades au bord de l'eau avec sa mère lorsqu'il était petit. Il sourit.

Arrivé à leur hauteur, il entend l'enfant, un blondinet aux yeux clairs, expliquer sérieusement :

— Maintenant, je vais vider la mer.

Sa mère rit, attendrie, en observant son fils déposer précautionneusement sa précieuse collection, un peu plus haut sur le sable sec, avant de s'atteler, motivé par sa tâche, à remplir son petit accessoire d'eau de mer avant de remonter en courant pour en vider son contenu, puis de recommencer l'opération.

Eustache et la femme se sourient.

— Ça va sans doute lui prendre un peu de temps… fait-elle en s'asseyant à côté des coquillages.

Amusé, Eustache retourne en direction de la « cabane d'Antioche ». Il reprend ses chaussures avant de remonter la petite plage de sable et le parterre d'herbe qui mène à la maison.

Mathilde n'est toujours pas rentrée de sa promenade. Négligemment, il regarde les piles de journaux, plus ou moins empilés, sur la table de la salle. Certains ont déjà plusieurs semaines. L'un d'eux est ouvert sur la page « Chaque semaine, la vie d'un phare ». Il s'agit, cette fois, de celui de Chassiron. *Sud-Ouest* et *Charlie Hebdo* dans les mains, il s'installe confortablement sur l'un des fauteuils de la terrasse, face à la mer.

Dans son article « Dieu existe, il pèse 19 tonnes », le journal satirique relate avec ironie et douleur la tragédie de l'attentat de Nice. L'illustration est percutante. L'écriture est acerbe ; les mots sont des pistolets.

Dans la presse régionale les explications et la description du phare retracent ce qu'il a vu lors de son ascension de l'édifice. Alors qu'il s'apprête à la reposer pour reprendre *Charlie*, quelque chose attire son attention. La représentation du phare avec ses zébrures noires et blanches est effectuée avec application. Le tracé est fin. Les lucarnes finement dessinées. La lanterne représentée lui rappelle quelque chose… Il fronce les sourcils puis remarque les trois petits V qui représentent des oiseaux dans le ciel… comme il en a déjà vu… Et… il y a ce signe… Eustache fixe un instant d'abord l'ensemble de la gravure puis s'attarde sur la marque en bas à droite du dessin. Une signature vague… Une sorte de A suivi d'un trait illisible. Son visage se fige. Il blêmit.

— Sacrebleu !

Le journal à la main, il gravit les escaliers qui mènent à la chambre de Mathilde pour se poster devant les trois cadres accrochés près de la porte : les dessins d'Alice. Il s'attarde d'abord devant celui qui représente le phare de Chassiron : trois petits V dans le ciel à côté de la lanterne. En bas, à droite de chacun d'eux, une signature enfantine : un A suivi d'un tracé formant une sorte de boucle. La même boucle que sur le journal. Juste un peu différente, juste moins affirmée, plus enfantine.

Eustache sort son portable de sa poche pour prendre en photo les trois tableaux. Il trébuche dans l'escalier et se retient de justesse pour ne pas tomber.

— Ne t'emballe pas ! Tout cela n'est peut-être qu'une coïncidence… se dit-il à lui-même à haute voix.

Sur un bout de papier, trouvé sur la table, il note :

— J'ai une urgence. Ne m'attends pas. Je t'appelle. Bisous.

Un signal annonce un message sur son portable :

— *Jeanne a fait une dent cette nuit, autant te dire que nous avons passé une nuit blanche. Profite de tes vacances, tu seras mis à contribution à ton retour.*

Le message est accompagné d'une photo d'un bébé en pleurs.

Eustache lève les yeux au ciel avant de s'installer au volant de la Mini, le journal sur le siège passager. Il appelle Oscar.

— Oscar, vous êtes à la gendarmerie… Parfait !… La police a besoin de la gendarmerie. C'est rare me direz-vous mais il faut reconnaître que cela peut arriver… Prévenez votre hiérarchie que vous reprenez l'enquête, que vous avez des éléments nouveaux. De mon côté, je préviens Corver. Ensuite, faites lancer une recherche sur la graphiste qui fait les illustrations des phares dans *Sud-Ouest*… Oui, c'est ça, la chronique estivale « *Chaque semaine, la vie d'un phare* »… Autre chose, retrouvez la vendeuse de glaces… Il faut arriver à savoir si l'une des deux gamines avec le chien avaient des couettes et si un élastique manquait… J'arrive !

Samedi 17 juillet 1993

Marie s'accroupit un instant pour retirer les quelques pétales de roses qui se sont déposés sur le fin tapis d'herbe. Dominique a tenu à niveler parfaitement le sol et refuse qu'une plaque soit posée craignant que quelqu'un pénètre dans leur jardin et comprenne ce dont il s'agit. Quelques brins d'herbe sortent délicatement de terre pour recouvrir la surface d'un fin duvet vert tendre. Marie a pu planter deux petits rosiers rampants aux douces nuances de roses avec lesquels elle espère recouvrir la sépulture de sa fille. Elle les a choisis avec soin. Sans épines. Ils sont rares. Laurianne a déposé un petit galet qu'elle a peint, au pied des buissons.

— Nous partons quelques jours ma chérie. À l'île d'Oléron, annonce-t-elle tout bas. Comme cela était prévu lorsque tu étais encore avec nous. Je te raconterai à notre retour. Cela fera du bien à

Laurianne. Elle en a besoin. Tu lui manques beaucoup. Je ne t'oublie pas. Je t'aime.

Sa prière est interrompue par un coup de klaxon suivi d'un beuglement.

— Tu te magnes ! On va finir par se trouver dans les bouchons…

Marie se signe avant de s'éloigner, silencieuse, tête baissée, les yeux rougis. Elle se retourne une dernière fois puis ouvre le portail pour laisser la voiture sortir de l'allée avant de le refermer à clef et de s'asseoir sur le siège passager, sans dire un mot. Laurianne à l'arrière fait un geste d'adieu en direction de la petite sépulture et envoie un baiser.

— Ce n'est pas la peine de se lever à 5 heures si c'est pour partir en même temps que tout le monde pour se retrouver bloqués avec tous les cons sur le pont…

Marie ne réplique pas. Dominique allume la radio. France Musique balance aussitôt, les 16 premières mesures du boléro de Ravel. 16 mesures répétées d'abord doucement avec la caisse claire et la flûte. Puis, répétées une fois encore, puis encore plus fort, 16 mesures sans cesse martelées par des instruments successifs. Sans changer la mélodie. L'orchestre monte graduellement en augmentant la masse instrumentale dans une répétition obsédante. 16 mesures hypnotiques, répétées dans l'habitacle étroit, accompagnées par le poing de Dominique sur le volant de la voiture qui scande, à son tour, les 16 mesures ; comme si cela n'y suffisait pas. Marie ferme les yeux pour ne pas entendre, les larmes coulent à l'intérieur.

Après plusieurs kilomètres, Laurianne, le chiot à ses pieds, s'assoupit avant de s'endormir, bercée par le ronronnement régulier de la Xantia. Marie, le coude sur le rebord de la portière, le menton posé sur sa main, le front contre la fenêtre, laisse le paysage défiler sous ses yeux. Son esprit s'évade bien loin de l'intérieur de la voiture. Elle aime ces moments rares d'évasion. Le visage d'Aurélie s'imprime très vite dans son esprit. Cela lui fait du bien de la revivre par la pensée et d'y retrouver les doux moments qu'elles ont passés ensemble. Tranquillement son rêve l'entraîne dans une autre vie. Une vie dans laquelle elle, Marie, est forte. Elles sont parties, toutes les trois. Enfin ! Avec ses filles, elles vivent au bord de la mer dans une grande maison blanche aux larges fenêtres ouvertes. Des enfants jouent dans le jardin avec les petites. Leurs rires lui parviennent alors qu'elle accueille leurs mères qui viennent les récupérer. Certaines d'entre elles deviennent ses amies avec lesquelles il lui arrive de passer ses soirées à discuter et à rire. Elle leur parle de son travail d'infirmière qu'elle a repris et qu'elle aime tant. Elles lui racontent leur vie, lui font des confidences. Et le soir, elle embrasse ses filles qui s'endorment paisiblement avant d'aller se coucher, seule, dans son grand lit blanc…

— J'ai envie de pisser.

La Xantia prend la voie de décélération et s'engage vers la station-service avant de se garer devant un bâtiment vitré. Dominique sort de la voiture, écarte les bras dans un râle de satisfaction avant de déclarer, en claquant la portière :

— Profitez-en ! On ne va pas s'arrêter toutes les cinq minutes.

— Laurianne, tu veux faire pipi ? demande Marie qui, aussitôt, a repris le cours de sa réalité. Nous sortirons Phénix après.

La Xantia s'avance sur le pont de l'île d'Oléron. La circulation est dense, la traversée de l'île un peu chaotique. Ils parviennent cependant à l'heure convenue devant le gîte de la Cotinière et stationnent le véhicule le long d'un muret. Une dame, avenante, s'avance au-devant d'eux avant de se poster devant le portail. Après les salutations d'usage, elle les entraîne pour une courte visite de la petite maison en déclinant quelques recommandations et indications sur les commodités.

— Vous trouverez des transats et un barbecue dans l'abri en pierre. Vous pouvez rentrer la voiture dans la cour, précise-t-elle.

Alors qu'elle s'apprête à partir, elle leur remet les clés.

— Le propriétaire m'a dit qu'il y aurait deux enfants ?

— Notre deuxième fille est restée chez ses grands-parents, explique Dominique, souriant. Vous n'êtes pas la propriétaire ?

— Non, non. Eux sont sur Marennes. C'est moi qui m'occupe d'accueillir les vacanciers et qui fait le ménage après leur départ.

— Très bien. Que faisons-nous des clés lorsque nous partons ?

— Vous les mettrez dans la boîte aux lettres. Vous avez payé pour le ménage…

Avant de s'éloigner en leur souhaitant de bonnes vacances, elle précise :

— J'habite un peu plus loin, la maison qui fait l'angle au bout de la rue. Si vous avez besoin de quelque chose n'hésitez pas… Je suis Madame Freyssina.

Après quelques déambulations dans la maison pour s'approprier les lieux, Dominique entre la voiture dans la cour. Le déchargement des valises se fait rapidement. Marie range les vêtements dans les armoires et remet à Laurianne un sac contenant ses jouets. Lorsque l'enfant en extrait une poupée qu'elle s'apprête à coiffer, Marie pâlit en reconnaissant celle d'Aurélie.

Ses yeux s'embrument, elle reste pétrifiée. Dominique s'approche d'elle et l'attire à lui en lui empoignant le bras. Sa voix est ferme, son regard perçant.

— Ressaisis-toi. Rappelle-toi… Tu as déjà perdu une fille par ton manque de fermeté… Si à nouveau, tu n'assures pas, nous irons tous en prison par ta faute et tu perdras la deuxième.

Marie étouffe un sanglot avant de s'essuyer les yeux du revers de sa manche. Elle se redresse et inspire profondément. Dominique reprend :

— C'est bien. Tu dois être forte pour garder celle qui te reste. Profite des vacances pour te détendre…

Oléron, samedi 30 juillet 2016

La Mini s'élance pour rejoindre la D734. D'habitude, Eustache préfère emprunter tranquillement les petites routes qui longent l'océan, mais son esprit est ailleurs et pas disposé à faire du tourisme. L'idée est de rejoindre la gendarmerie, au plus vite. Il se rappelle alors les paroles souvent répétées par son père :

— Quand tu es pressé, va doucement, sinon, tu te prends les pieds dans le tapis.

Il sourit à l'évocation du vieil homme qui regrette souvent l'accélération du temps et fait l'éloge du « prendre son temps ». Cavaler en permanence est peu constructif :

— Il a raison !

Eustache choisit de ralentir.

— 23 ans… se dit-il à haute voix. Je ne suis plus à une heure près !

C'est vrai, tout va trop vite, pense-t-il. Le monde galope alors qu'il pourrait trotter tranquillement. Prendre son temps devient un luxe. Cette course permanente est épuisante. Il n'est plus question de savourer les instants, il faut déjà passer à l'étape suivante. Même la notion de voyage n'existe plus, il n'y a plus que des déplacements. Ainsi, le côté aventure des longs périples a disparu, avalé par les distances réduites par une vitesse toujours augmentée. C'est aussi le cas pour la « correspondance » : ce terme, devenu désuet, disparait peu à peu du vocabulaire, au profit des « *Short Message System* », insipides, aux expressions abrégées et aux envois intempestifs. Pourtant, écrire une lettre, prendre le temps de choisir les mots, c'est comme savourer avec délice une friandise, en distiller toutes les saveurs, en extraire *la substantifique moelle*. Sans compter que, le temps passé à choisir le bon mot, la bonne formulation, pour quelqu'un qui nous est cher, est, en quelque sorte, une véritable réflexion sur soi, sur la vie et sur l'autre. Prendre le temps de penser. Et puis, il y a l'après : une fois la lettre achevée, elle sera postée et fera son chemin jusqu'à son destinataire. Il restera alors, le délice ultime, celui d'attendre que la réponse nous parvienne. Attendre devient alors une douce impatience.

Les réflexions d'Eustache sont interrompues lorsque la Mini passe devant la boulangerie de

Cheray. Il lance une œillade sur la vitrine. Il s'arrêterait bien pour acheter un jésuite. Rien que d'y penser, il en a l'eau à la bouche, mais la circulation est dense. Le matin, c'est le marché. Les touristes nombreux déambulent de-ci de-là. Trop compliqué pour stationner. Dépité, il continue.

À Saint-Pierre, le bâtiment gris de la gendarmerie se profile sur sa gauche. Eustache parvient à se garer facilement. Alors qu'il franchit les quelques marches, Oscar l'attend sur le seuil visiblement bouillonnant d'impatience.

— Commissaire, vous pouvez m'en dire plus. Toute la gendarmerie est mobilisée et je n'ai pas pu leur donner d'explication vraiment claire…

Une fois installés dans le bureau d'Oscar, Eustache fait part de ses déductions au gendarme en s'appuyant sur l'illustration du journal et les photos prises des dessins d'Alice.

— Punaise ! Commissaire… Imaginez que vous ayez raison…

— Il ne faut peut-être pas s'emballer trop vite Oscar, conseille le commissaire. Nous risquons de tomber de haut. Tout cela n'est peut-être que pures coïncidences.

— Mais comme le dit souvent le commandant Ravet « On n'est pas à l'abri d'avoir de la chance ! ».

Les recherches ont été lancées. Pendant que derrière leur écran, les gendarmes s'activent, les deux enquêteurs patientent dans l'attente des résultats des investigations. Très vite, les coordonnées de la vendeuse de glaces sont annoncées. Elle vit sur l'île.

— On y va, lance Eustache à Oscar.

Oléron, samedi 30 juillet 2016

Dans le hameau de l'Illeau, sur la petite place, une maison blanche au crépi défraichi accueille les deux enquêteurs. Après une deuxième sonnerie, la porte s'ouvre sur une femme d'une cinquantaine d'années visiblement surprise devant le gendarme en uniforme et Eustache en bermuda vert et polo bleu.

— Commissaire Eustache de la police judiciaire et voici le gendarme Sonde de la gendarmerie nationale.

Oscar sort sa carte professionnelle.

— Nous aurions besoin de vous poser quelques questions sur l'affaire Alice Sauzelle.

Le visage de la femme affiche l'étonnement.

— Alice Sauzelle! Oh là là… Ça ne date pas d'hier… Il me semble avoir tout dit aux gendarmes à l'époque, fait-elle intimidée.

— Nous avons lu vos dépositions. Mais nous avons une question très précise à vous poser.

— Je ne vois pas ce que je peux vous dire de plus… Si longtemps après… Mais… si vous jugez que ça peut faire avancer cette histoire… Rentrez, invite-t-elle en les devançant dans le couloir étroit.

La pièce assez sombre donne sur une petite cour fermée. Chacun prend place autour de la table ronde dans la salle de séjour. Le carrelage au sol, moucheté de beige, rappelle à Eustache celui de la maison de son père à Saint-Étienne-de-Brioullet. Sur les murs, des portraits d'enfants sous-verre affichent des sourires immobiles.

— Je me souviens très bien de cette histoire. J'étais tellement dépitée de ne pas pouvoir aider davantage… Ça fait si longtemps, vous cherchez toujours ?

Eustache ne répond pas directement :

— Nous avons besoin d'une précision.

— Je vous écoute, répond-elle concentrée.

— Pouvez-vous nous dire comment étaient coiffées les deux petites filles qui se promenaient avec le chien.

D'abord surprise par la question, la femme ouvre les yeux, hébétée. Puis son front se plisse faisant apparaitre des rides profondes, elle lève la tête, son regard se fige sur le plafond comme pour fouiller plus intensément dans les profondeurs de sa mémoire.

— Elles étaient toutes les deux blondes…

Elle se tait un instant avant de répondre posément.

— L'une d'elles avait les cheveux défaits, qui pendaient sur ses épaules. Plutôt fins, pas très épais comme sa sœur. L'autre avait les cheveux attachés, me semble-t-il…

— Vous pouvez préciser. Attachés comment ?

— Ce n'est plus très clair. Il me semble qu'elle avait une espèce de couette, ou peut-être était-ce une queue de cheval…

— Vous pouvez être plus précise. Une couette sur le côté, une queue de cheval ou deux couettes, demande Oscar suspendu à ses lèvres.

— C'est si important, demande-t-elle étonnée par la précision demandée.

— Ça peut l'être. Prenez votre temps… réplique Eustache.

Silence.

— Je crois qu'elle avait une partie de ses cheveux défaits et que l'autre côté tenait par une attache. Il y avait beaucoup de vent ce jour-là… Ses cheveux étaient en désordre, comme pour sa sœur. En tout cas, elle n'avait pas deux couettes. Une partie de ses cheveux étaient attachés. Je ne peux pas être plus précise.

Oléron, 20 juillet 1993

Accroupie derrière le buisson, Alice n'entend pas le chiot s'approcher d'elle. C'est lorsqu'il se trouve à sa hauteur qu'elle perçoit le reniflement et l'humidité de son museau sur sa cuisse. Elle sourit et relève la tête. Au bout de la laisse se tient une petite fille qui la regarde intensément. Alice caresse le chien et se relève :

— C'est ton chien ?

— Oui, il s'appelle Phénix.

— Comme il est mignon…

Le chien lève la patte arrière et pisse contre le buisson. Les gamines pouffent de rire.

— Il est petit, alors il fait pipi toutes les 5 minutes, explique la plus âgée.

— Je peux le promener ?

— Oui, si tu veux. Mais il faut bien le tenir parce qu'il commence à prendre de la force.

Alice empoigne la laisse que lui tend la fillette. Elle se laisse guider, entre les touristes nombreux, au gré des déambulations et au rythme de l'animal qui les entraîne avec vivacité.

— Tu t'appelles comment ?

— Alice. Et toi ?

— Laurianne.

Alors qu'elles franchissent le stand du marchand de glaces, elles sont abordées par un couple.

— Tu t'es fait une nouvelle copine ? demande l'homme en souriant à sa fille.

— Oui. Elle s'appelle Alice. Elle a 5 ans. Elle m'a demandé si elle pouvait promener Phénix. Elle n'a pas de chien et aimerait bien en avoir un.

La femme observe la scène sans un mot.

— Tu peux le promener jusqu'à la voiture si tu veux, propose le père gentiment.

— Euh, oui, répond la fillette soudainement inquiète en se retournant pour tenter de repérer ses parents dans la foule. Il faut que je me dépêche, ma maman et mon papa me cherchent. On joue à cache-cache près du phare…

Aussitôt le chiot tire sur la laisse entraînant Alice qui agrippe fermement la bride.

— Oui, tu as raison dépêchons-nous !

Le regard interrogateur, Marie enserre ses doigts sur le bras de son mari. Il la repousse imperceptiblement. Son regard et sa moue se veulent rassurants. Tendrement, il prend sa main et l'entraîne à la suite des deux fillettes happées par le chien qui tire devant lui.

À quelques pas de là, Mathilde et Lucien n'entendent pas la portière de la Xantia se refermer brutalement, dans un claquement sec.

Oléron, samedi 30 juillet 2016

Avant de grimper les quelques marches de la gendarmerie, Eustache sort du coffre de la Mini, le dossier de la disparition d'Alice. Dans le bureau d'Oscar, il s'installe pour entreprendre de réexaminer les PV d'audition.

— Rien n'est mentionné concernant la coiffure des gamines, annonce-t-il.

Alors qu'il referme le dossier pour le déposer sur une pile de chemises cartonnées, un gendarme frappe en entrant aussitôt dans la pièce.

— Nous avons les coordonnées de la graphiste : Aurélie Labousse, née le 15 mars 1988 à Melun. Elle est en formation dans une école de graphisme à Paris et fait actuellement un stage à *Sud Ouest*, pour la rédaction de La Rochelle. Elle est domiciliée chez ses parents à Saint-Sauveur-sur-École. C'est en Seine-et-Marne, précise le gendarme en déposant sur le bureau la feuille avec les indications complètes.

Les deux enquêteurs se lancent un regard entendu. 1988 : la même année de naissance qu'Alice. Comme elle, elle a 28 ans.

— Elle travaille à La Rochelle et son adresse est en Seine-et-Marne… réfléchit à haute voix le commissaire en survolant les indications sur le document remis par le gendarme. J'imagine que lorsqu'elle est sur La Rochelle, elle a un pied à terre. Au sujet des parents, vous avez quelque chose ?

— Non. La demande portait sur la graphiste… répond le fonctionnaire de gendarmerie en regardant Oscar.

Les deux enquêteurs se regardent gravement. Après un regard entendu, Oscar ordonne gravement :

— Lancez une recherche d'informations sur les parents. Merci Philippe.

Le gendarme sort de la pièce, laissant les deux hommes dans les méandres de leur réflexion. Oscar cogite assis derrière son bureau. Eustache déambule lentement dans la pièce, les yeux au plafond, les mains derrière la tête. Chacun reste silencieux, le cerveau en ébullition.

— Nous sommes samedi… Il est fort probable qu'elle ne travaille pas.

Silence.

— Oscar, nous ne pouvons pas avoir les idées claires sans avoir mangé. Je vous invite !

Oscar sourit, amusé.

— Vous avez raison. De toute façon, il nous faut attendre le résultat des recherches sur les parents. Il y a un petit restau au centre-ville. On y mange bien. Ça devrait vous plaire. Je réserve, c'est plus prudent. En terrasse ?

— Parfait. Je vous fais confiance Oscar, vous ne m'avez jamais déçu. Mais, on prend ma voiture… Si je pouvais éviter de m'afficher trop souvent dans un véhicule de la gendarmerie… Je ne voudrais pas prendre le risque d'y prendre goût !

— C'est sûr qu'un gendarme qui sort d'une Mini avec un drapeau anglais sur le toit, c'est plus discret !

Saint-Sauveur-sur-École, 21 juillet 1993

Le regard implorant derrière ses yeux baignés de larmes, la petite lâche une fois encore :

— Je veux voir ma maman.

En prononçant ce dernier mot, ses sanglots reprennent de plus belle. Elle s'effondre sur le lit, enfouit sa tête dans l'oreiller, son corps secoué de spasmes incontrôlables.

— Stop ! Ça suffit ! Maintenant, tu te calmes et tu dors. Je te le répète, tes parents ne veulent plus de toi… Ils veulent que tu habites ici !

Les pleurs redoublent, alternés par des petits cris de douleur. Laurianne bouleversée devant la détresse de la petite fille tente d'intervenir pour la calmer.

— Ne pleure pas… Demain, si tu veux tu pourras laver Phénix et tu pourras jouer avec moi, dans ma chambre.

Rien n'y fait. L'enfant est inconsolable. Ses gémissements plaintifs sont entrecoupés de hoquets convulsifs.

— Si tu ne te calmes pas, je t'emmène dormir dans la cave.

La voix de Dominique est montée d'un ton et ne fait qu'aggraver les spasmes de l'enfant qui se met à hurler.

— Bon, tu ne veux rien savoir : tu vas comprendre... Une nuit à la cave ne te fera pas de mal et au moins nous ne t'entendrons plus !

Il empoigne le bras de la gamine et l'entraîne de force hors de la chambre. L'enfant se débat mais ne peut résister à la violence de la poigne qui la transporte.

— Dominique, laisse-moi faire. Je vais la calmer... balbutie Marie timidement.

— Toi, ta gueule !

Hors de lui, il harponne fermement la gamine sous son bras et dévale les escaliers. Marie et Laurianne restent stoïquement sur le palier, n'osant plus bouger. Une porte claque, puis une deuxième.

Le silence se fait.

Remonté de la cave, Dominique s'installe dans le canapé pour empoigner le combiné téléphonique :

— Allo, Madame Freyssina ?... Bonjour, je suis Dominique Labousse, le locataire du gîte... Nous avons dû rentrer en urgence en début d'après-midi. Mon beau-père a fait un malaise et nous avons dû récupérer notre deuxième fille qui était chez ses grands-parents... Non, rien de grave... Comme vous dites, c'est un peu dommage, mais c'est comme ça... J'ai mis les clés dans la boîte aux lettres comme vous l'aviez demandé... Oui, tout était parfait... Merci madame... Bonne soirée.

Dominique raccroche, satisfait.

Marie et Laurianne descendent lentement les escaliers pour se poster à quelques mètres de lui.

— Ne vous inquiétez pas, elle s'y fera très vite, finit-il par dire. Quand elle aura compris qu'en se tenant tranquille, elle ne dormira plus à la cave...

Silence.

— Elle est très jeune, elle les oubliera, poursuit-il. Elle comprendra vite qu'elle n'aura plus que nous. Alors... elle fera ce qu'on lui dira de faire. Tout redeviendra comme avant...

Devant le visage incrédule de sa femme et de sa fille, il ajoute triomphant :

— Et nous, nous aurons retrouvé Aurélie.

Oléron, samedi 30 juillet 2016

En sortant de la voiture place Camille Memain, Eustache, curieux, main en visière pour se protéger des derniers rayons du soleil, lève les yeux sur le sommet de la tour octogonale qui s'élève dans le ciel.

— C'est la Lanterne des morts. Elle a été construite sur l'ancien cimetière paroissial. Je crois qu'elle fait plus de 23 mètres, précise le gendarme. C'est la plus haute de France. Lorsqu'elle a été construite une flamme brûlait à son sommet pour commémorer l'âme des morts.

Les deux hommes s'engagent dans une venelle juste avant l'embranchement de la rue de la République, la rue piétonne de Saint-Pierre d'Oléron.

— C'est ici, annonce Oscar devant le restaurant.

Une jeune femme, souriante, accueille les deux enquêteurs qui s'installent sur des fauteuils en terrasse. Une panière de pain et une carafe d'eau joliment façonnée sont déposées sur leur table.

Après un long moment plongé dans la carte qui propose des mets alléchants, Eustache hésite avant de déclarer :

— Je vais prendre « Autour de la tomate ».

— C'est servi avec une boule de sorbet basilic et une tuile au fromage de brebis précise la serveuse.

— Ce sera parfait.

— Une assiette de langoustines de la Cotinière, annonce Oscar.

— Ensuite, 2 lottes poêlées avec une émulsion au foin.

— C'est noté... Vous prendrez du vin ?

— Une demi-bouteille de blanc d'Oléron, ugni blanc et sémillon, ça vous ira Oscar ?

— Oui, très bien.

La jeune femme s'éloigne. Les deux hommes restent muets, perdus dans leurs pensées effervescentes. Chacun sait que les récents éléments de l'enquête sur la disparition d'Alice laissent entrapercevoir un nouveau virage qu'ils doivent prendre avec toute la mesure et la prudence nécessaires pour ne pas se laisser embarquer sur une fausse piste. Il ne s'agit pas d'apporter à Mathilde une désillusion cruelle. « Tout cela n'est, peut-être, que pure coïncidence ». Pourtant... pourtant, plusieurs éléments concordent.

Devant son assiette, Eustache finit par réfléchir à haute voix en picorant sa lotte et ses accompagnements savoureux.

— Alice a échappé à la vigilance de ses parents. Un élastique de ses cheveux a été retrouvé sur le chemin du phare. Deux fillettes ont été vues, devant le marchand de glaces. Leurs descriptions correspondent à la physionomie d'Alice. L'une d'elles, celle qui tenait un chiot en laisse, avait une partie des cheveux détachée. L'autre les avait libres. Elles étaient suivies par un couple et se dirigeaient en direction du parking. Parking où Alice a été vraisemblablement enlevée.

— Ces éléments, mis bout à bout, pourraient reconstituer le scénario et les circonstances du kidnapping, acquiesce Oscar.

— En effet...

Avant de poursuivre, Eustache avale une gorgée de vin.

— Et aujourd'hui, 23 ans après, il y a cette graphiste : Aurélie Labousse qui dessine des phares pour le journal. Et les signe, comme Alice les signait. Ou presque...

— Aurélie Labousse et Alice ont le même âge.

Eustache se rappelle la conviction de Mathilde accrochée à l'idée que le phare lui ramènera sa fille, comme les marins perdus... Et si Mathilde avait raison !

Les deux hommes se regardent partagés entre l'excitation et l'inquiétude. Conscients des bouleversements que leur hypothèse, si elle se confirme, entraînera dans la vie de Mathilde, de Lucien, dans celle d'Aurélie ou plutôt dans celle d'Alice.

Le repas terminé, ils choisissent de faire quelques pas sur la rue piétonne. À cette heure, les magasins sont fermés. Quelques badauds déambulent, s'arrêtant de-ci de-là devant les devantures soignées. De chaque côté, des maisons aux murs blancs, d'un étage ou deux, aux volets verts, parfois gris, affichent leur élégance balnéaire.

Devant la place de l'église, Eustache observe le clocher octogonal avec, à son sommet, sa plate-forme d'observation.

— Depuis là-haut, la vue doit être splendide.

— Sans doute, je n'y suis jamais monté. J'habite pourtant ici. Faudrait que j'en parle à Babette. Je suis certain que ça lui plairait.

Ils poursuivent leur balade, s'arrêtant devant la grande librairie des Pertuis. Eustache s'approche de la vitrine, les mains en coupe pour examiner l'intérieur lorsque son téléphone sonne : Mathilde !

— Excuse-moi, j'aurais dû te rappeler… Je suis sur un dossier compliqué… À Saint-Pierre… Oui. Avec Oscar, il a besoin de la Police… fait-il en lançant une œillade complice à Oscar qui sourit. Je vais, sans doute, devoir rentrer sur La Rochelle prématurément… Quand ? Ben…

Après un instant d'hésitation, son regard se porte sur le gendarme qui attend, intrigué par la réponse :

— Maintenant !

Il termine sa conversation avec Mathilde avant de ranger son portable dans sa poche.

— Oscar ! nous allons nous rendre de ce pas à *Sud Ouest*, lance-t-il au gendarme en raccrochant. On ne va pas attendre lundi à déambuler comme des cons ! Faites prévenir le journal que quelqu'un nous ouvre et… en avant pour La Rochelle ; nous y passerons la nuit. J'appelle mon père !

Le gendarme sourit, habitué désormais aux initiatives intempestives du commissaire, en empoignant son portable. Une demi-heure plus tard, la Mini traverse le pont laissant, sur sa gauche, le fort Louvois faire scintiller ses lumières sur la surface de l'eau sombre et mouvante.

Saint-Sauveur-sur-École, 31 août 1993

Derrière la fenêtre de la cuisine, Marie observe les deux fillettes accroupies dans le jardin à observer une colonie de fourmis. Autour d'elles, Phénix gambade joyeusement. Elle entend l'ainée proposer :

— Allons leur chercher de la nourriture. On les observera quand elles l'emporteront dans leur maison.

— Ça mange quoi les fourmis ? demande la plus jeune.

— Je ne sais pas. On demandera à maman.

Les deux enfants entrent dans la cuisine.

— Maman, on voudrait apporter de la nourriture aux fourmis, annonce Laurianne. On ne sait pas ce qu'elles mangent.

Marie sourit.

— Voilà quelques épluchures de pommes.

Ça fera l'affaire, dit-elle en prélevant quelques rognures autours de la tarte prête à être enfournée.

Alors qu'elles s'apprêtent à retourner à leur poste d'observation, munies des morceaux de fruits, elles perçoivent le bruit du portail s'ouvrir devant la Xantia noire qui entre dans la cour.

La plus jeune s'arrête net avant de reprendre sa marche pour rattraper l'ainée. La portière claque. Alors qu'elles répartissent précautionneusement la nourriture pour les insectes paniqués devant cette intrusion inattendue dans leur univers, Dominique s'approche d'elles :

— Bonjour les filles !

Il se penche pour les embrasser sur le sommet du crâne. Laurianne explique :

— On nourrit les fourmis.

— C'est une bonne idée. À condition de ne pas laisser un tas de déchets dans le gazon. Ça pourrait attirer les rats !

— Non, non. Juste un peu... Après, on va les regarder et on enlèvera ce qu'elles n'auront pas emporté ou mangé.

Il observe un moment les deux petites. Laurianne fascinée devant le spectacle de la débâcle des bestioles ne voit pas la cadette, restée immobile, qui emploie toute sa force pour lever la tête pour faire face au regard de Dominique.

— Profitez-en, annonce-t-il en la fixant à son tour. C'est bientôt la reprise de l'école. Je suis allé m'assurer à la mairie que vous êtes bien inscrites toutes les deux comme c'était prévu. Tout est en ordre. Laurianne, tu seras dans le groupe des CE1 et toi Aurélie avec les CP, mais vous serez dans la même salle de classe.

La plus jeune ne réplique pas.

— Chouette ! Nous serons dans la même classe, répète Laurianne ravie en la regardant.

— Ainsi, Laurianne, reprend-il, tu pourras veiller sur ta petite sœur. Et toi, Aurélie, tu auras ta grande sœur pour prendre soin de toi.

En s'éloignant, Dominique n'entend pas murmurer derrière lui :

— Je ne m'appelle pas Aurélie. Je m'appelle Alice !

Laurianne fusille la petite du regard.

— Ne dis pas ça ! Sinon, on ira tous en prison et toi, tu resteras dans la cave. Et, y aura plus personne pour s'occuper de toi.

Saint-Sauveur-sur-École, 17 novembre 1993

Après avoir stoppé la Xantia devant le haut mur en pierre, Dominique sort pour ouvrir la portière de ses filles. En descendant l'une après l'autre du véhicule, son regard intense se pose sur chacune d'elles, accompagné par une pression ferme de sa main sur le dessus de leur épaule.

— À tout à l'heure les filles !

Cartable en main, elles avancent pour franchir le portail. Le véhicule repart lentement dans un long crissement de pneus sur le chemin irrégulier.

Dans l'enceinte de l'école, Laurianne entraîne sa sœur à rejoindre un groupe d'enfants qui jouent à l'élastique.

— Va jouer avec les petits ! ordonne l'une d'elles à l'adresse de la plus jeune.

— Ce n'est pas toi la commandante, réplique Laurianne virulente. Elle joue avec nous et, si ça ne te plaît pas, c'est toi qui t'en vas !

Intimidée, la petite ne bouge pas et reste d'abord en retrait, observant d'abord les autres jouer avant de porter son regard sur la cour de récréation. Dans un mouvement qu'ils voudraient protecteur, les quelques arbres tendent obstinément leurs branches dépouillées dans un silence impuissant. Sur le côté droit de la façade du bâtiment, les portes en bois bleu pâle des sanitaires méritent d'être rafraichies. La bâtisse en pierre abrite, à l'étage, l'appartement de l'enseignant. Les trois grandes fenêtres des salles de classes du rez-de-chaussée s'alignent sagement, témoins stoïques des chamailleries des enfants. Tout occupée à observer autour d'elle, l'enfant ne réagit pas à l'annonce de son prénom prononcé à plusieurs reprises, jusqu'à ce que Laurianne lui tape sur l'épaule en annonçant :

— C'est à ton tour de sauter !

La gamine s'élance, alors. Son score honorable provoque la fierté de sa sœur qui se charge de le clamer :

— Tu vois, elle y arrive tout aussi bien que toi !

Alors que l'autre s'apprête à riposter, la sonnerie retentit masquant les cris des écoliers.

— Rangez-vous deux par deux, clame l'instituteur en tapant dans ses mains.

À son signal, les enfants montent les quelques marches, en rang ordonné, avant d'entrer dans la salle de classe. La pièce est spacieuse et agencée en plusieurs espaces regroupant des tables en bois rassemblées. Au tableau, la date du jour affiche « 17 novembre 1993 » dans un délié parfait au-dessus du verbe « chanter » qui récite ses terminaisons. Sur le mur près de la porte, la carte d'Afrique expose ses reliefs dans des couleurs éclatantes. Chacun rejoint sa place, dans un brouhaha de pieds de chaises en fer que l'on déplace sur le carrelage lisse et froid.

En s'asseyant, la plus jeune observe sa sœur entourée de ses camarades du groupe des grands. Elle n'aura de cesse de se retourner, espérant un signe de sa sœur. Laurianne ignore son regard, tout accaparée à papoter avec sa voisine.

— Les grands, vous terminez vos exercices de calcul, ordonne l'enseignant avant de s'adresser aux plus petits.

— Prenez votre cahier du jour pour la dictée.

La journée de classe se poursuit ainsi, comme les précédentes et comme les suivantes. Sans incident.

Par moments, la petite lève le nez de ses feuilles aux lignes bien droites, observant derrière les fenêtres, les branches des arbres bousculées par le souffle léger du vent et se laisse emporter par le vol des nuages qui s'éloignent très loin d'ici, sans un bruit. Au bout de son voyage dans les airs, se dessine un long édifice allongé aux rayures noires et blanches…

Lorsque la cloche retentit annonçant l'heure de la sortie, les enfants se lèvent, pressés. Les grands quittent la salle, suivis du groupe des plus jeunes. Dans la cour, Laurianne attend sa sœur aux pieds des escaliers. Les parents attendent derrière le portail.

La Xantia noire est là.

La Rochelle, samedi 30 juillet 2016

Le claquement des portières résonne dans la pénombre de l'avenue Michel Crépeau. Sur la surface du bras de mer, les lueurs de la ville scintillent comme des poissons d'argent. De rares badauds flânent encore, profitant de la douceur du soir et du spectacle des reflets sur l'eau. Un petit vent marin s'infiltre légèrement entre les branches des tamaris.

Seul un halo de lumière éclaire une fenêtre de l'agence du journal. Eustache s'approche de l'entrée avant de sonner. La porte s'ouvre vivement sur un homme d'une cinquantaine d'années, plutôt grand à l'allure sportive.

— Rodolphe Bouzigue, je vous attendais, annonce le chef de l'édition charentaise-maritime.

Il les invite à s'installer dans un bureau vitré qui s'ouvre sur un large espace, meublé d'une grande table centrale et de meubles de rangement adossés aux murs ; sans nul doute la salle de conférences de la rédaction. Les deux enquêteurs prennent place derrière le bureau, face au journaliste intrigué.

— Que puis-je faire pour vous ? À une heure pareille, juge-t-il utile d'ajouter.

— Pouvez-vous nous parler d'Aurélie Labousse ?

— Aurélie Labousse, répète-t-il visiblement surpris par la demande avant d'annoncer : elle est en formation maquettiste de presse dans une école supérieure d'arts appliqués et est stagiaire au journal depuis… février. Tout se passe plutôt bien, il est même question de lui proposer un CDD à l'issue de son stage. Pourquoi ces questions ?

Sans répondre, Eustache enchaîne :

— C'est bien elle qui réalise les gravures des chroniques hebdomadaires sur les phares ?

— Euh oui. C'est l'un de ses sujets de stage : il lui a été demandé de choisir une chronique hebdomadaire pour la période estivale. Elle a proposé « *Chaque semaine, la vie d'un phare* ». Aurélie a un fort potentiel artistique, en particulier dans le dessin et le graphisme. C'est une bonne recrue !

Il se lève, sort de la pièce et revient avec deux journaux qu'il déplie pour afficher le travail de la jeune femme, en affirmant :

— Elle a réalisé, elle-même, les illustrations et rédigé tous les textes de ces articles. Accompagné par un journaliste pour la partie rédaction. C'est vraiment du bon travail, fait-il en reposant les documents.

— C'est elle qui a choisi le sujet des phares ?

— Oui. Elle l'a soumis à l'équipe de rédaction qui a validé. C'est un sujet qui plaît bien aux touristes… Pourquoi vous me demandez tout cela ?

Les deux enquêteurs se regardent un instant.

— Nous ne pouvons rien vous dire pour l'instant… Nous avons besoin de vérifier certaines choses. Pouvez-vous nous indiquer son poste de travail ?

Les trois hommes entrent dans une immense pièce constituée des différents pôles de rédactions. Rodolphe Bouzigue s'avance vers un ensemble de trois bureaux surmontés d'ordinateurs, jonchés de journaux, de carnets, de câbles électriques, de téléphones…

— C'est ici, fait-il en désignant l'un des espaces de travail. Qu'est-ce que vous cherchez exactement ?

Eustache observe le journaliste et devine un certain agacement mais aussi une part d'inquiétude.

— Nous ne pouvons vous en dire plus. Sachez toutefois qu'Aurélie Labousse ne représente aucun danger pour le journal. Nous avons besoin de votre totale discrétion… Vraiment.

Devant la mine désappointée du journaliste, le commissaire ajoute avec force de conviction :

— C'est une affaire privée très délicate… Nous ne pouvons rien vous dire de plus dans l'immédiat.

Eustache aimerait aller plus loin dans son explication mais il sait que son hypothèse, si elle s'avère exacte, pourrait faire basculer la vie de plusieurs personnes et qu'il a devant lui… un journaliste. Il n'est pas question d'en dire davantage sans disposer d'éléments incontestables. Sans compter, qu'il voudrait apporter lui-même la vérité à Mathilde, en toute délicatesse, avant que les journaux ne s'emparent avidement de sa diffusion.

Le silence se fait. Les deux enquêteurs observent le poste de travail d'Aurélie. Aucun objet personnel apparent. Un amas de papier, croquis, carnets et autres stylos jonche le bureau. Eustache sourit en pensant au désordre dans la maison de Mathilde.

— J'imagine que si deux flics se déplacent à près de 11 heures du soir ce n'est pas pour des broutilles, reprend le journaliste. Pouvez-vous m'assurer que nous serons les premiers informés de l'issue de vos investigations.

Agacé, Eustache botte en touche :

— Quel genre de personne est-elle ?

— Discrète, répond-il laconique.

— Mais encore, insiste Eustache.

— Mélancolique et concentrée sur le travail qui lui est demandé.

De sa poche, Oscar sort un sachet plastique et récupère plusieurs cheveux blonds accrochés au dossier du fauteuil. De l'un des tiroirs du caisson sous le bureau, Eustache sort une trousse de maquillage d'où il extirpe, parmi plusieurs, un tube de rouge à lèvres qu'il glisse dans le sac.

— Vous avez une photo d'elle ?

— Euh… Oui, sur son CV.

Les enquêteurs suivent le chef de l'édition dans un autre bureau. Après quelques instants de recherche dans des dossiers suspendus, il tend une feuille au commissaire. Devant la photographie peu nette de la jeune fille, qu'il examine avec attention, Eustache reste dubitatif. Il ne trouve pas de ressemblance flagrante ni avec Mathilde, ni avec Lucien, ni même avec les portraits vieillis d'Alice. À son tour, Oscar est perplexe.

— Nous n'allons pas vous déranger plus longtemps, annonce Eustache au journaliste. Nous comptons sur votre totale discrétion. Même si je conçois que la discrétion n'est pas la matière première des journalistes… Je vous assure que si cette histoire doit sortir dans la presse, vous en serez les premiers informés…

Une fois, dans la Mini, Eustache annonce :

— Nous déposerons tout cela demain au labo de Lagord, Oscar et très vite nous saurons si Aurélie est Alice !

Saint-Sauveur-sur-École, samedi 30 juillet 2016

Chargée d'une petite valise, Aurélie ouvre le portail de la rue de l'Église à Saint-Sauveur-sur-École. Ses pas grincent sur le gravier. La maison en pierre se dresse devant elle. Elle s'avance lentement lorsque la porte d'entrée s'ouvre.

— Bonjour ma chérie, annonce Marie. Tu as fait bonne route ?

— Oui… répond Aurélie en l'embrassant. Bonjour maman.

— Tu as l'air en forme. Comme tu es belle, tu es toute bronzée.

— Merci, c'est l'air marin. Et toi, tu vas bien ?

— Oui, ça va. J'ai toujours un peu mal à mon genou. Mais ça va.

Aurélie se retourne pour faire face au jardin.

— Tu as coupé la haie ?

— Oui. J'ai fait venir quelqu'un pour qu'il l'arrache. Je n'arrivais plus à l'entretenir.

— Tu as bien fait, sans compter que le mur est bien suffisant et que les pierres sont mieux mises en valeur, réplique la jeune femme.

— Rentre ma chérie. Raconte-moi ton nouveau travail…

Aurélie pose ses affaires dans le couloir qui mène à la salle de séjour, avant de répondre.

— C'est plutôt sympa. C'est un stage qui pourrait se transformer en CDD, voire un CDI. J'aimerais bien. Les journalistes sont sympas. La région est jolie. Je ne m'emballe pas, malgré tout, tant que rien n'est signé…

— Assieds-toi. Tu dois avoir faim. Je t'ai fait des frites, annonce-t-elle joyeusement.

— Hum ! Les meilleures que je connaisse…

Marie sourit, ravie de faire plaisir à sa fille et flattée de sa remarque souvent répétée.

— Elles ne sont pas tout à fait cuites, précise-t-elle. Sers-toi en terrine et en salade en attendant.

— Et Laurianne, ça va ? demande la jeune femme en se servant copieusement.

— Elle devrait passer cet après-midi, répond Marie évasive.

Silence.

— Ce n'est pas toujours facile avec Armand… complète-t-elle.

Aurélie ne réplique pas.

— Et papa ? demande Aurélie sur un ton plus grave.

Le visage de Marie pâlit légèrement, pourtant sa voix annonce avec assurance.

— Il est en haut, dans sa chambre. Sur sa chaise. Tu veux aller le voir ?

Aurélie se souvient de l'appel téléphonique de sa mère, il y a maintenant plus de quatre ans, lui annonçant l'accident de son père. La chute s'est produite lorsqu'il coupait les branches trop hautes du cerisier pendant que sa mère tenait l'échelle. Depuis, il a perdu l'usage de la parole, des bras et la partie basse de son corps. « Il ne lui reste que la conscience » lui avait-elle dit.

— Non, répond-elle sans lever la tête.

Marie ouvre la fenêtre pour accéder à la friteuse posée sur le rebord extérieur pour éviter que les odeurs ne s'imprègnent dans la maison. Accaparée par son ustensile, elle ignore les deux rosiers, qui pourtant, un peu plus loin, tendent vers elle, leurs fleurs aux pétales roses éclatants.

La Rochelle,
dimanche 31 juillet 2016

Installés sous le prunus du jardin, autour d'une table dressée d'un avenant petit déjeuner, les deux enquêteurs élaborent des hypothèses alimentées par les éléments récents dont ils disposent et par les réponses qu'ils attendent, lorsque le téléphone sonne.

Eustache décroche.

— Merci Simon… Nous serons là dans une heure, pas de problème… À tout à l'heure.

Il raccroche avant de déclarer :

— Bon Oscar, le chef de base de la sécurité civile des 4 sergents est d'accord, vous allez pouvoir rentrer en hélico. Ils ont une intervention sur l'île et partent dans une heure. Je vous y conduis. Moi, je vais rester ici. J'irai au labo, histoire de les pousser au cul et glaner ce qui est possible, au commissariat.

— Vous n'avez pas l'ADN d'Alice, Commissaire ? Il vous faudra exhumer les vestiges oubliés qui dorment dans les travées du palais de justice pour servir au rapprochement des ADN.

— Vous avez raison Oscar. Je n'ai pas celui de la petite mais… Mathilde a oublié son foulard dans la Mini… Vous me sous-estimez, Oscar, ou plutôt, vous sous-estimez la police ! Croyez-vous que j'aurais pu venir sans bille !

— Bien joué Commissaire ! Avec les fortes disparités de prélèvement de l'époque et aujourd'hui, il vaut mieux être équipé. Sans compter que ce sera plus rapide. Le labo pourra rapprocher les deux ADN. En partant de celui de la mère, il nous dira si les cheveux retrouvés sur le dossier du fauteuil d'Aurélie sont ceux de sa fille.

Le portable d'Oscar vibre à son tour. Le gendarme s'éloigne le temps de la communication avant de rejoindre son siège.

— C'était Philippe, précise-t-il. Les parents d'Aurélie sont inconnus des services de police. Elle, Marie Labousse, née Monet, 65 ans, infirmière de formation, s'est arrêtée de travailler après la naissance de sa deuxième fille. Lui, Dominique Labousse, 67 ans, retraité, il était expert-comptable. Ils ont deux filles : Laurianne 29 ans et Aurélie 28 ans. A priori, des gens sans histoire. En retraite, lui s'est investi dans la vie de la commune, il a été conseillé municipal à Saint-Sauveur-sur-

École avant un accident de jardinage qui l'a rendu tétraplégique.

Le père du commissaire s'approche de la table, muni d'une corbeille chargée de tranches de gâteau.

— Servez-vous Oscar. C'est un cake que j'ai fait sur la base d'une recette de ma grand-mère. J'ai simplement remplacé une partie de la farine par de la maïzena, il est ainsi moins lourd à digérer… Prenez-en un morceau…

— Il m'a l'air très bon, merci. Je ne déjeune pas beaucoup le matin, dit-il en se servant une belle tranche.

— Je trouve que c'est une bonne idée d'associer la gendarmerie et la police, c'est sans doute plus productif… commente le vieil homme sans attendre de réponse. Sans compter que ces querelles d'un autre âge ne servent à personne…

Il s'interrompt un moment le temps de se beurrer une tartine, avant de reprendre :

— Ray vous a-t-il montré des photos de notre petite Jeanne ? C'est vraiment une jolie petite fille. Elle ressemble, à n'en pas douter, à sa grand-mère : ma femme. Elle a le même regard charmeur…

Eustache observe Oscar écouter les bavardages du vieil homme. Il lui jette une œillade complice, les deux hommes se sourient, amusés. Après encore quelques bavardages, Eustache déclare :

— Bon Oscar, on y va… Dragon 17 ne va pas nous attendre…

— Vous partez déjà. Vous ne voulez pas rester pour midi. J'ai prévu des merluchons au court-bouillon avec des petites pommes de terre de l'île de Ré.

— C'est très gentil, mais ça ne va pas être possible. L'hélicoptère ne va pas m'attendre. Merci pour votre accueil, répond Oscar en serrant la main du vieil homme.

— Moi, je serai là, ne manque pas de lancer Eustache en entendant l'annonce du menu.

Peu de temps après avoir déposé Oscar sur la base des 4 sergents, Eustache entend les pales de l'hélicoptère entamer leur parade circulaire dans un vacarme assourdissant. Très vite, l'appareil affiche sa silhouette sur le bleu du ciel avant de s'éloigner sous les nuages en direction de l'île d'Oléron.

Après une recherche dans le répertoire de son portable, il appuie sur «*Agnès Plazza*». Cette femme lui a permis de croire que c'était possible, il lui semble normal de la tenir informée de ses avancées. Très rapidement, la voix de l'avocate de Jard-sur-Mer répond avec la vitalité qu'il lui connaît :

— Si vous m'appelez, c'est qu'il y a du nouveau. Vous avez une piste ?

Eustache expose les éléments qui lui permettent d'entrevoir un tournant dans l'enquête en faisant part à la criminologue de sa crainte de faire fausse route et de se fourvoyer alimentant, alors, de faux espoirs à cette famille déjà anéantie. Il sait aussi que si son hypothèse s'avère juste, c'est peut-être la vie d'Aurélie qui risque de basculer. Que sait la jeune fille au juste ? De quoi se souvient-elle précisément ? Imagine-t-elle un seul instant que sa vie est une imposture ?

— Notre boulot, c'est la recherche de la vérité, réplique-t-elle avec force. Nous devons rendre à ces enfants ce qui leur est dû. Et ce qui leur est dû, c'est cette vérité. Même si, avec les années, ils se sont adaptés à une nouvelle vie, même s'ils ignorent vivre dans le mensonge. Même s'ils ont oublié leur première vie. Ce qui compte c'est : la Vérité. Par contre, vous ne devez pas vous tromper. Vous devez être véritablement certain que cette Aurélie Labousse est bien Alice Sauzelle. Comme vous le savez, dans ces affaires qui datent, nous avons un atout de taille : les progrès de la génétique et de la police scientifique. Cela rend possible ce que l'on croyait insoluble jusqu'à maintenant. Appuyez-vous dessus et uniquement sur les preuves scientifiques. L'intuition n'a pas de place dans ces affaires, surtout lorsque l'on est un peu trop impliqué… Impliqué affectivement ! En tout cas, ne lâchez rien ! Tenez-moi au courant.

Après avoir raccroché, boosté par les propos d'Agnès Plazza, il décide de se rendre immédiatement chez le juge Corver muni du foulard ensaché de Mathilde, des cheveux et du tube de rouge à lèvres d'Aurélie. En débarquant chez lui ainsi équipé, le magistrat ne pourra faire autrement que de prendre toute la mesure de l'affaire et sans doute appuiera-t-il pour que les résultats du labo ne tardent pas.

Lorsqu'il arrive devant la majestueuse maison blanche du magistrat, Eustache trépigne d'impatience. Et si les ADN coïncidaient… La porte s'ouvre devant Corver surpris qui l'examine sous son regard bleu acier.

— Oh toi, tu es sur une piste… Et, tu ne peux pas attendre, rit-il en l'invitant à entrer. Tu vas me raconter ça… J'étais en train de préparer du café, tu tombes bien.

Les deux hommes s'installent dans le salon au décor très chargé. De larges fauteuils en tissus épais trônent sur un tapis bariolé. De nombreux tableaux sombres et austères ornent les murs. Les fenêtres à petits carreaux sont cernées par de lourds rideaux aux ramures alambiqués. Une imposante bibliothèque, encombrée de livres enchevêtrés et de bibelots en tout genre, renforce l'atmosphère pesante. Eustache aimerait ouvrir la fenêtre, histoire d'apporter un peu d'air. Il observe le magistrat, surpris de le voir évoluer dans un tel univers, lui pourtant si élégant, si léger.

— Alors, tu me racontes, presse le magistrat aiguisé par la curiosité. Je ne pense pas que tu débarques chez moi, un dimanche, juste pour ma belle gueule.

Le magistrat a toujours été affublé de qualificatifs plutôt flatteurs qui l'ont toujours amusé. Eustache sourit avant de résumer l'état d'avancement de l'affaire « *Alice Sauzelle* » sans manquer de lui expliquer le pourquoi de sa visite quelque peu impromptue.

— Tu ne changes pas Ray… Non, je ne vais pas faire accélérer les choses. Cette histoire date de 23 ans, nous ne sommes plus à une semaine près. D'autant que les mecs sont complètement débordés.

Eustache semble déçu. Il s'attendait à une réponse positive. Pourtant, il sait au fond de lui que le juge a raison. Rien ne presse après 23 années d'attente. Pour autant, contrarié, il ne réplique pas.

— Profite de tes vacances, poursuit Corver. Je remettrai, moi-même, les éléments au labo. Mais, je ne peux rien faire de plus. Vraiment…

Devant la mine peu réjouie du commissaire, il poursuit :

— Par contre, si je peux te donner un conseil : prends le temps de réfléchir à ce que tu vas annoncer à la famille, si jamais les ADN matchent. J'ai bien compris que tu es quelque peu impliqué dans cette affaire… Il semblerait que la mère d'Alice ne te laisse pas indifférent…

Eustache répond par un mouvement de tête et une moue révélatrice. Les deux hommes sourient.

— À partir de maintenant, je reprends le dossier, déclare le juge. Je vais lancer aussitôt une commission rogatoire. Tu veux collaborer à l'affaire ?

— Pas nécessairement. Si les ADN matchent, le job est fait… Il ne restera plus qu'à comprendre ce qui s'est véritablement passé ce 20 juillet 1993 au pied du phare et ce qu'il est advenu d'Alice pendant toutes ces années. Je laisse les enquêteurs locaux s'en charger. Moi, je dois rentrer à Besac.

— Besac ?

— Oui, Besançon ! C'est ainsi que les Bisontins appellent leur ville. Besac !

— Je dois reconnaître que tu as fait du bon boulot, Ray. Et si un jour tu décides de quitter Besac pour revenir parmi nous, je serai ravi de retravailler avec toi.

— Merci, Henry.

Soudain préoccupé, Eustache déclare pensif :

— Tu as raison, je dois me préparer à l'éventualité d'avoir retrouvé Alice…

— Je le souhaite sincèrement mais je t'avoue que je n'aimerais pas être à ta place.

Les deux hommes restent un moment silencieux, sans doute, à imaginer les conséquences pour les deux familles d'une telle issue. Après avoir reposé sa tasse à café sur la table, Eustache s'apprête à se retirer :

— Tu m'appelles dès que tu auras les résultats.

— Tu peux compter sur moi.

La Rochelle, mercredi 03 août 2016

Eustache sait qu'il ne lui reste plus que quelques jours avant de rejoindre la capitale comtoise. Ces quelques jours passés chez son père lui ont fait du bien. Lors de ses longues promenades le long de l'océan, bercé par le mouvement régulier des vagues, à respirer l'air marin vivifiant, il a pu se ressourcer. Galvanisé par cette lumière qui n'existe qu'ici et fasciné par le spectacle permanent offert par les paysages maritimes, il a l'impression d'avoir rechargé ses accus. Il se sent plein d'entrain mais éprouve une certaine nostalgie à l'idée de quitter sa région. Sans compter, les petits repas mitonnés par son père, très loin de ses repas frugaux, pris en solitaire dans son appartement sombre de la rue de la Préfecture à Besançon.

Cela ne va pas être facile de rentrer. D'autant que maintenant, il y a Mathilde. Le souvenir de cette femme s'invite dans son esprit. Mathilde!

Entière et fière, au regard empreint de mélancolie, au port altier. Mathilde, lumineuse et touchante. Mathilde chez qui, force et fragilité se mêlent à la rendre belle. À bien y réfléchir, cette femme a quelque chose de Marianne… Cela ne devrait pas le rassurer… Même si, à n'en pas douter, Marianne est l'amour de sa vie. Celle pour laquelle, il a choisi de quitter sa région pour la rejoindre alors qu'elle l'a quitté pour une femme. Marianne qui, malgré tout, a réussi à faire de lui le géniteur de sa fille et de celle de sa compagne. Un géniteur, certes, mais aussi, un père pour Jeanne.

— Jeanne, ma fille, s'entend-il dire à haute voix en regardant s'afficher le visage enfantin sur l'écran de son portable.

En scrutant le minois souriant, il décide de prendre de ses nouvelles, et envoie un cours message à Marianne. La réponse ne se fait pas attendre :

— *Elle va bien. Tu rentres quand? Pourrais-tu garder Jeanne, un weekend après que tu sois rentré ?*

Il décide de la faire mariner un peu en ne répondant pas instantanément.

En chargeant sa valise et un grand sac dans le coffre de la Mini, il réalise que l'idée de passer les derniers jours de vacances qui lui restent chez Mathilde, n'est vraiment pas pour lui déplaire.

— Tu n'oublies pas le Karcher… Je l'ai mis dans l'allée du garage.

Eustache espérait que son père l'avait oublié. C'est mal le connaître. Après être parvenu tant bien que mal à insérer l'appareil sur le siège arrière, il entend derrière lui :

— J'ai fait un gâteau pour Oscar. Je crois qu'il l'a bien aimé… J'ai mis aussi deux bouteilles de pineau, plusieurs paquets de sel et des *préfous* pour Marianne et toi.

— Et, regarde…

Eustache attend un moment avant de voir son père revenir chargé d'un paquet énorme. C'est pour Jeanne, clame le vieil homme ravi.

— Mais comment veux-tu que je rentre ça dans la voiture ?

— C'est bien ce que je te disais… Quelle idée d'acheter cette bagnole, tu vois bien que ce n'est pas pratique… Tu ne veux quand même pas que je porte tout ça dans le train. Tu n'as qu'à le mettre côté passager…

Alors qu'Eustache s'escrime à tout caser dans le véhicule, son portable sonne :

— Ray, c'est Corver !

— Je t'écoute, annonce aussitôt Eustache impatient et quelque peu inquiet.

— Le FNAEG* a parlé. Les experts le confirment, les ADN ont matché.

---

* Fichier national automatisé des empreintes génétiques.

Eustache encaisse la réponse, conscient des implications d'une telle nouvelle. Aurélie est bien Alice… Alice et Aurélie ne sont qu'une.

— Bravo mon vieux pour ta perspicacité, entend-il. Nous avons déclenché l'interpellation du couple Labousse.

— Déjà ?

— Oui. De lui, on ne peut rien tirer. Il est tétraplégique. Sa femme, elle, n'a opposé aucune résistance et s'est mise à table aussitôt arrivée au commissariat. On aurait dit qu'elle vidait son sac, comme si elle savait que ce moment de confession arriverait. Elle explique que lorsque leur fille Aurélie est morte, ils en ont retrouvé une autre…

— Putain, c'est glauque !

— Comme tu dis… Elle minimise complètement le rapt. Elle s'est convaincue, au fil des années, qu'ils n'avaient pas eu le choix, qu'il avait fallu la remplacer et que, comme ils s'en sont occupés comme de leur propre fille, Aurélie, ils n'ont pas fait de mal. D'après la psy, il y aurait une certaine forme de déni.

— Et avec le temps, Alice a pris la place d'Aurélie… On sait comment est morte la vraie Aurélie ?

— Ses explications sur les circonstances de la mort ne sont pas claires. Ils l'ont enterrée dans le jardin. Son corps sera exhumé demain. On verra ce que le légiste pourra en tirer… après 23 ans…

— Personne, au niveau de leur entourage, n'a rien remarqué au moment du rapt ?

— Ils venaient d'emménager à Saint-Sauveur-sur-École. C'est un bled. Un joli village d'ailleurs. Les maisons sont entourées de hauts murs en pierre. Très typique du gâtinais. À l'école, l'instituteur attendait deux nouvelles élèves à la rentrée : il a accueilli deux nouvelles élèves, Laurianne et Aurélie… Personne ne les connaissait. La femme ne travaillait plus. Lui, expert-comptable dans une grosse boîte sur Corbeil, n'avait pas de fréquentation, en dehors de son boulot.

— Et leurs familles ?

— Lui était fils unique. Il avait coupé les ponts avec son père, Germain Labousse, un homme réputé violent qui vivait dans le Loiret. Sa mère est décédée il y a une vingtaine d'années. Elle, Marie Monet, avait sa mère, malade d'Alzheimer à l'époque des faits, décédée depuis et, avait une sœur qui vit en Bretagne. Sa sœur est venue quelques fois, chez eux, quand la gamine avait une douzaine d'années. Elle n'aurait rien remarqué, ayant connu Aurélie toute petite. Les deux gamines avaient la même allure. Blonde, peau claire, même gabarit…

Le juge s'interrompt un instant avant de compléter :

— Les voisins parlent de gens discrets, sans histoire, hormis l'accident qui a cloué le mec dans un fauteuil. Lui était plutôt apprécié et impliqué dans la vie de la commune.

Saint-Sauveur-sur-École, mercredi 03 août 2016

Lorsque la sonnette résonne, Marie, sursaute.

— Tu veux que j'aille voir ? propose Aurélie.

La mère ne répond pas et s'approche lentement de l'interphone :

— Madame Labousse ?

— Oui.

— Gendarmerie nationale. Veuillez ouvrir, je vous prie !

Marie actionne l'ouverture du portail avant de rejoindre la table de la cuisine. Elle s'assoit face à sa fille. La voix chargée d'émotion, elle s'entend dire :

— Cette fois, c'est fini…

Oléron, mercredi 03 août 2016

Agnès Plazza décroche à la première sonnerie. Eustache ne s'attarde pas en salamalecs et rend aussitôt les conclusions de l'enquête à la magistrate.

— Il apparait que la mère était sous l'emprise de son mari. A priori, un tyran devenu inoffensif une fois cloué dans un fauteuil. Aurélie, leur fille cadette, serait sans doute morte sous ses coups. Pour éviter les questions sur l'absence de leur gamine, ils l'auraient tout simplement remplacée par une autre qui correspondait physiquement à leur fille décédée.

— Et ce serait tombé sur Alice qui se trouvait là, au mauvais endroit, au mauvais moment.

— C'est ça ! On ne sait pas encore s'ils avaient prémédité un rapt ou si, l'aubaine était trop forte de trouver une gamine qui ressemblait à la leur. Quoi qu'il en soit, ils ont profité des circonstances. Il leur fallait trouver une explication pour la mort de leur fille. Alice s'est trouvée là devant eux, comme la solution. Le hasard a mal fait les choses pour la petite.

— J'espère, maintenant, que la gamine saura faire preuve d'une grande résilience pour parvenir à surmonter tout ça. Ça peut ne pas être simple pour elle. Beau travail, Commissaire. Je vais enfin pouvoir retirer une photo de ma carte… C'est tellement rare.

— Je vous remercie de m'avoir permis d'y croire. Votre acharnement et votre persévérance y sont pour quelque chose, sans aucun doute.

— Eh bien tant mieux ! Et maintenant, j'imagine que vous voulez que je vous dise comment l'annoncer à Mathilde.

— Quelle perspicacité ! Vous lisez dans les lignes téléphoniques.

— Non, je lis dans la pensée des hommes… Comme la plupart des femmes, soyez en certain ! Mais là, je vous laisse vous débrouiller. Je m'occupe des enfants perdus pas des commissaires perdus…

Eustache rit en la saluant et raccroche en la remerciant une dernière fois.

Alors qu'il franchit le chemin de la « cabane d'Antioche », il entend son cœur bombarder dans sa poitrine. Il ne sait toujours pas comment annoncer l'incroyable. À haute voix, il cherche la meilleure formule pour expliquer à Mathilde que sa fille est vivante et qu'elle va la retrouver. Au bout de 23 ans. De 23 ans d'attente désespérée. Quels sont les mots à utiliser ? Quelle intonation prendre ? À quel moment précis ? Après l'avoir embrassée ? Avant ? Toutes les interrogations se mélangent dans sa tête.

Les aboiements de Méduse, qui rapplique en gambadant, ne font qu'amplifier son appréhension. La Méhari orange n'est pas là. C'est étrange ; elle était prévenue de sa visite. Il s'extrait de la voiture, fait le tour de la maison. Personne. L'atelier est fermé. La porte de la maison est ouverte, comme d'habitude. Il entre en s'annonçant. Manifestement, il n'y a personne. Un instant devant la baie vitrée, il scrute la plage déserte.

D'abord décontenancé puis bouillonnant d'impatience à l'idée de lui apprendre la fin de son calvaire, il décide de partir à sa recherche. La Mini s'élance à vive allure en direction du phare, faisant fi des ornières du chemin.

La longue silhouette noire et blanche se dessine devant lui. Le soleil est là. Un vent doux et iodé se faufile entre les herbes folles et les tamaris. Au loin, le ressac se fracasse sur le rocher d'Antioche. Les mouettes ricanent au loin.

La Méhari est stationnée un peu plus loin. Eustache gare la Mini à proximité. En contournant le phare, il s'approche de la falaise. Son regard se pose sur le banc souvent occupé par Mathilde. Il est vide.

Alors qu'il s'apprête à rebrousser chemin, il aperçoit, sur le chemin qui longe la falaise, deux silhouettes. Celle de Mathilde et celle d'Alice. Les deux femmes se rejoignent. Elles s'approchent l'une de l'autre, lentement. Sans se quitter des yeux.

Eustache comprend que Corver a fini le travail ; l'enquête s'est achevée sans lui. C'est sans doute mieux ainsi. Sa place n'est plus ici : elle est prise par le temps perdu qu'il leur faudra rattraper. Peut-être que, finalement, le bonheur ne se partage pas.

De l'autre côté du phare, le camping-car de Lucien s'avance sur le parking.

Avant de s'engouffrer dans sa voiture, Eustache lève les yeux pour contempler le phare qui se dresse fièrement devant lui. Il lui adresse une œillade complice avant de s'éloigner en reprenant la phrase de Mathilde.

— Le phare la ramènera.

Le 25 mai est la journée internationale
des enfants disparus
Avec comme symbole le myosotis :
«*forget-me-not*» en anglais
Ne les oublions pas.

LA
GESTE

www.gesteditions.com

Par ce logo, nous témoignons d'une volonté de réduire les impacts environnementaux liés aux activités de l'imprimerie. Nous choisissons un imprimeur impliqué dans la réduction des gaz à effet de serre. Le choix de nos papiers assure que la production a été faite à partir d'un produit à base de bois et a suivi le cahier des charges d'une gestion durable des forêts européennes. Achevé d'imprimer chez Factory en Union européenne en août 2020.

Mise en page : Anne-Abel Jeanjean

Dépôt légal : second semestre 2020

11, rue Norman-Borlaug
79260 La Crèche
05 49 05 37 22
contact@gesteditions.com